BLAKE: VERLIEBT IN SAN FRANCISCO

ZOEY WEST

KOSTENLOSER LIEBESROMAN

Melde dich unter https://zoeywest.com/start für meinen Newsletter an und du wirst nicht nur über Neuigkeiten informiert, sondern bekommst auch meinen kostenlosen Liebesroman *Aaron: Hochzeit in New Orleans*.

Was machst du, wenn der Mann, den du damals nicht haben konntest, eine Hochzeit mit dir planen muss?

Jules kann nicht fassen, was ihre beste Freundin von ihr verlangt. Als Brautjungfer soll sie sich wenige Tage vor der Hochzeit um die Vorbereitungen kümmern. Noch nichts ist geplant, dabei werden mehrere hundert Gäste erwartet. Damit aber nicht genug. Als Unterstützung wird ihr ausgerechnet Aaron MacLay zur Seite gestellt. Der Mann, mit dem sie eine gemeinsame Vergangenheit verbindet und den sie eigentlich nie wieder sehen wollte. Kein Wunder also, dass sie absolut genervt ist, sich ausgerechnet als seine Verlobte ausgeben zu müssen.

Aaron hält nicht viel von Hochzeiten. Dass ausgerechnet sein bester Freund nun den Bund fürs Leben eingehen will, geht ihm so richtig gegen den Strich. Aber als er dazu aufgefordert wird, mit der süßen Jules die Hochzeitsvorbereitungen zu übernehmen, nimmt er die Herausforderung gerne an. Er macht sich zwar nichts aus Blumen und Torten, aber gegen ein heißes Stelldichein mit der ersten Brautjungfer hat er nichts einzuwenden. Er kann schließlich nicht ahnen, dass diese paar Tage seine Welt auf den Kopf stellen werden.

Als sie so tun müssen, als wären sie selbst ein Paar, knistert es zwischen Jules und Aaron gewaltig.

Können sie ihre Differenzen hinter sich lassen und selbst glücklich werden?

Unter diesem Link kannst du dir dein kostenloses eBook holen: https://zoeywest.com/start

1

ALICIA

»Alicia. Hey, kommst du nachher noch mit zu meinem Dad?« Meine Sitznachbarin und beste Freundin stupst mich mit ihrem Ellbogen an und ich stöhne innerlich auf. Rosie hat es tatsächlich bis zum Doktorstudium an der Stanford University geschafft, ohne auch nur in einer Vorlesung jemals wirklich aufgepasst zu haben. Ich frage mich schon seit Jahren, wie sie das macht. Nicht, dass ich unbegabt wäre. Im Gegenteil. Sofern nichts Unerwartetes passiert, was jetzt gegen Ende des Semesters eher unwahrscheinlich ist, werde ich mein Studium mit Auszeichnung abschließen. Und obwohl mich unsere Fächer alle brennend interessieren und ich dementsprechend motiviert bin, wurde mir das Wissen nicht mit in die Wiege gelegt. Ohne darauf zu achten, was der Professor da vorne von sich gibt, hätte ich niemals so gute Noten geschrieben. Nur leider sitzt Rosie in jeder Vorlesung neben mir, was nicht erst einmal dazu geführt hat, dass ich mir Unterlagen von anderen Studenten ausborgen musste, um mir den Stoff im Nachhinein noch mal durchzulesen.

»Ja«, erwidere ich kurz angebunden und im Flüsterton, obwohl ich mir denken kann, dass die Unterhaltung damit noch lange nicht beendet ist.

»Super. Die Firma meines Dads hat Probleme und vielleicht können wir ihm da irgendwie helfen.«

Natürlich lässt mich diese Information nicht kalt, schließlich ist Rosie meine beste Freundin seit Kindertagen. Dementsprechend gut kenne ich auch ihren Vater. Aber es ist weder die richtige Zeit noch der richtige Ort, um näher darauf einzugehen, deshalb nicke ich nur kurz und wende mich anschließend wieder dem Professor zu. Der erzählt gerade irgendwas von einem Experten, der die nächsten Tage hier auf dem Campus Vorlesungen halten und für Fragerunden zur Verfügung stehen wird. Den Namen habe ich dank Rosie leider nicht mitbekommen. Trotzdem notiere ich mir die Zeiten, wann die Veranstaltungen stattfinden werden. Sicher ist sicher. Außerdem wird es vermutlich ein wichtiger Mensch sein, so wie der Professor gerade über ihn schwärmt.

Nach weiteren zehn Minuten ist die Vorlesung auch schon beendet. Rosie dürfte den Wink mit dem Zaunpfahl mitbekommen haben und hat doch tatsächlich für den Rest der Zeit geschwiegen. Ich verstaue meine Unterlagen im Rucksack und stehe auf, als ich bemerke, dass meine beste Freundin noch immer nachdenklich auf ihrem Stuhl sitzt. Verwundert und in Alarmbereitschaft setze ich mich wieder hin.

»Was ist denn los, Rosie?«

»Ach nichts«, antwortet sie lahm und beginnt, ihre Sachen ebenfalls einzupacken.

»Jetzt sag schon. Ich sehe doch, dass dich irgendwas bedrückt«, versuche ich, sie zum Reden zu bekommen. Für gewöhnlich ist sie nicht so zurückhaltend.

»Es ist wegen meines Dads. Er muss die Firma vielleicht schließen«, erzählt sie mir schließlich doch und ich sehe Tränen in ihren Augen aufsteigen. »Weißt du, was das bedeutet? Seine ganzen Mitarbeiter wären auf einen Schlag arbeitslos und er selbst würde natürlich sehr viel Geld verlieren«, erklärt sie mir weiter.

»Aber wieso denn? Dein Dad war doch immer gut im Geschäft.«

»Zu viele Jungunternehmer. Die Kunden finden sie innovativer und fortschrittlicher.« Rosie zuckt mit den Schultern und ich sehe ihr an, wie verzweifelt sie ist.

»Na komm. Gehen wir erst mal zu deinem Dad

und reden mit ihm. Vielleicht fällt uns etwas ein, womit wir ihm helfen können.«

»Meinst du?« Ich sehe die Hoffnung in ihren Augen aufglimmen, dabei habe ich noch gar keine Ahnung, was wir tun könnten.

»Vielleicht«, sage ich deshalb mit hochgezogenen Schultern.

Also machen wir uns gemeinsam auf den Weg, wofür wir zu Fuß keine halbe Stunde brauchen. Gerade als wir die Tür öffnen, werden wir auch schon herzlich von Michael Johnson, Rosies Dad, begrüßt.

»Hi ihr zwei. Was macht ihr denn hier?«, fragt er uns, nachdem er eine nach der anderen umarmt hat.

»Wir wollen mit dir über die Firma sprechen, Dad.«

Mir scheint, Michael ist dieses Thema recht unangenehm. Er wiegelt nämlich Rosies Bedenken einfach ab. »Ach was. Das soll nicht deine Sorge sein. Das ist meine Firma und ich bekomme das schon hin.«

»Aber Dad. Wieso solltest du dir nicht von uns helfen lassen? Wir haben unser Studium im Prinzip abgeschlossen. Der Doktortitel ist nur noch eine Zugabe und sogar den haben wir praktisch schon in der Tasche. Alicia und ich sind mindestens genauso gut wie deine Konkurrenz.«

Michael und ich wissen beide, dass er keine

Chance hat, sich diesem Gespräch zu entziehen. Wenn Rosie sich etwas in den Kopf gesetzt hat, dann lässt sie sich auch nicht davon abbringen.

»Also gut«, sagt er schließlich seufzend. »Wir bekommen immer weniger Aufträge, weil jüngere Fachkräfte nachkommen. Was kein Wunder ist. Immerhin befinden wir uns im Silicon Valley. Wenn es irgendwo einen Überschuss an IT- und Hightech-Spezialisten gibt, dann hier.«

»Du hast doch bestimmt schon darüber nachgedacht, wie du das Problem lösen willst, oder?«, frage ich Michael, da ich mir sogar sicher bin, dass er das getan hat und bereits dabei ist, seine Ideen umzusetzen. Die einfachste Lösung, seine Firma Rosie zu überschreiben, kommt dabei leider nicht infrage. Sie hat schon früh klargemacht, dass sie ihr eigenes Unternehmen aufbauen möchte und sich außerdem auf ein ganz anderes Fachgebiet spezialisiert, das ihr am Herzen liegt.

»Nun …«, druckst er herum und schaut Rosie fast schon entschuldigend an. »Ich habe daran gedacht zu verkaufen, bevor es zu spät ist.«

»Was? Das kannst du doch nicht tun! Was passiert dann mit den Angestellten?«, begehrt seine Tochter aufgebracht auf.

»Ich würde natürlich nur unter der Voraussetzung verkaufen, dass für alle gesorgt ist. Und, wenn ich ehrlich sein soll, wäre es mir gar nicht unrecht, endlich in Rente zu gehen.«

Daher weht also der Wind. Wahrscheinlich hat Michael schon länger mit dem Gedanken gespielt, sich zur Ruhe zu setzen. Alt genug wäre er allemal. Da kommt ihm die prekäre finanzielle Lage gar nicht so ungelegen. Außer natürlich, dass er für ein gut gehendes Unternehmen mehr Geld herausschlagen könnte. Aber so hat er zumindest eine gute Ausrede.

»Morgen findet die IT-Konferenz statt, bei der wir arbeiten. Wir könnten ein bisschen unsere Fühler ausstrecken, wenn du magst. Immerhin sollen recht große Tiere der Industrie dabei sein«, schlage ich ihm vor und sofort erhellt sich Michaels Miene deutlich.

»Das würdet ihr machen?«, fragt er trotzdem noch ungläubig.

»Natürlich. Das ist doch selbstverständlich«, kommt es von Rosie und mir gleichzeitig und wir müssen alle drei lachen.

2

BLAKE

»Ich wusste gar nicht, dass du auch hier bist, Mann. Was treibt dich denn nach Palo Alto?«, frage ich meinen besten Freund Adam, in dessen Hotel ich für die nächsten Tage untergekommen bin und der mir in der Lobby praktisch in die Arme gelaufen ist.

»Du hast Glück. Das hier ist das nächste Hotel, das von unserem neuen Shopprogramm profitieren soll. Deshalb bin ich hier«, erklärt er mir und ich sehe das Strahlen in seinen Augen. Dieser Typ hat sich in den letzten Monaten um hundertachtzig Grad gewandelt, was ich für eine durchaus positive Entwicklung halte. Bis auf die Tatsache, dass ich in den Klubs, in denen wir früher gemeinsam Frauen aufgerissen haben, jetzt leider auf ihn verzichten muss. Bevor er seine jetzige Ehefrau Demi kennengelernt hat, war er ein kleiner Nichtsnutz, der vom

Geld seines Vaters lebte und eine Frau nach der anderen abgeschleppt hat. Mittlerweile hat er dessen Geschäfte übernommen und leitet die größte Hotelkette der Welt. Auf das neue Konzept, in die diversen Hotels kleine Shops zu integrieren, die von Experten auf ihrem Fach und Jungdesignern geführt werden, kam er bei seiner Flucht aus unserer Heimatstadt New York. In Florida hat er Demi kennengelernt, die einen Kräuterladen führte. Leider stellte sich heraus, dass ausgerechnet die Hartman Group, also die Firma seines Vaters, dafür verantwortlich war, dass sie und viele andere in Port Charlotte ihr Geschäft verloren haben. Damals wurde ein hochrangiger Mitarbeiter wegen Betrugs rausgeschmissen. Adam und sein Vater mussten die Missstände erst nach und nach klären. So kam es, dass er Demi einen Antrag gemacht hat und sie die Erste war, der ein Shop in dem neuen Hotel angeboten wurde. Mittlerweile ist dieses Konzept auch an einigen anderen Standorten verwirklicht worden und Demi führt nun ihr eigenes kleines Imperium. Wenn auch gemeinsam mit Adam.

»Ist Demi auch dabei?«, frage ich ihn.

»Ja, klar. Wie wär's, willst du am Abend mit uns essen?«

»Wenn ich rechtzeitig zurück bin, gerne. Du weißt schon, dass eine IT-Konferenz in der Stadt stattfindet, oder? Ich meine, es ist ja nicht so, dass du ein Hotel betreibst und Teilnehmer sowie Besucher hier ein Zimmer gebucht haben«, nehme ich ihn auf den Arm und er sieht tatsächlich ein wenig doof aus der Wäsche.

»Jetzt, wo du es sagst. Ich habe mich schon gewundert, weshalb wir außerhalb der Saison ausgebucht sind und hier so viele Menschen herumlaufen«, grinst er mich verschmitzt an. Manchmal ist er wirklich verpeilt. Und noch vor ein paar Monaten hätte ich ihm tatsächlich zugetraut, keine Ahnung zu haben, was in seinem Hotel vor sich geht. Aber jetzt wollte er den Spieß einfach nur umdrehen und mich zum Narren halten.

»Schon klar«, sage ich, um meine Verabschiedung von ihm einzuleiten. »Ich muss jetzt los. In einer Stunde soll ich einen Vortrag halten und du weißt, wie sehr ich das liebe«, erkläre ich ihm mit leidender Miene.

Doch Adam lacht und schlägt mir auf die Schulter. »Du packst das schon, Mann.« Im nächsten Moment verändert sich seine Miene und ich kann mir vorstellen, wer gerade hinter mir aufgetaucht ist.

»Demi, sieh mal, wer hier ist. Unser Nerd hält doch tatsächlich einen Vortrag auf der IT-Konferenz, die heute stattfindet.«

»Tatsächlich?« Auch die Frau meines besten Freundes weiß mittlerweile darüber Bescheid, wie ungerne ich auf solchen Veranstaltungen bin. Ich halte es einfach für eine reine Zeitverschwendung.

Lieber verstecke ich mich hinter meinem Computer und verdiene einen Haufen Kohle mit dem, was ich da tue, als vor oder mit anderen darüber zu reden. Geschäftsmeetings natürlich ausgeschlossen. Aber ich bin einfach nicht der Netzwerker. Vor allem, weil ich mich bei Unterhaltungen mit Menschen, die, nun ja, nicht ganz auf dem Wissensniveau sind, auf dem ich mich befinde, langweile. Das gilt natürlich nur für Fachgespräche, ansonsten hätte ich auch meinem besten Freund und seiner Frau nichts zu sagen. Immerhin hat Adam in etwa so viel Ahnung von meinem Job wie ein Kleinkind vom Steuerzahlen.

Mein Umfeld und auch der Großteil der Menschen, die auf dieser Konferenz sein werden, können nichts dafür, dass sie nur die Hälfte von dem verstehen, was ich sage. Ohne angeberisch klingen zu wollen, bin ich so etwas, was man gemeinhin als Wunderkind bezeichnet. Nur, dass ich eben kein Kind mehr bin. Meinen Doktortitel hatte ich mit zwanzig in der Tasche. Mein erstes eigenes Unternehmen habe ich schon Jahre davor gegründet und mit dem Verkauf meine ersten Millionen gemacht. Auch meine jetzige Firma generiert Umsätze im Millionenbereich. Trotzdem, würde ich meinen, bin ich ein recht umgänglicher Zeitgenosse. Nur einen gleichwertigen Gesprächspartner, was meine Branche betrifft, finde ich eher schwer.

»Ja. Sie können einfach nicht ohne mich«, beantworte ich Demis Frage und fahre mir gespielt eingebildet durch die Haare.

»Ich verstehe bis heute nicht, wie ein intelligenter Kerl wie du auch noch derart attraktiv sein kann.«

»Was? Du hältst den da für attraktiv? Frau, sieh an, was dir gehört. Das kannst du doch nicht vergleichen.« Adam deutet auf seinen durchtrainierten Körper, der sich gerade unter einem Anzug versteckt, und sieht Demi entsetzt an. Ein Außenstehender könnte eine sich anbahnende Beziehungskrise sehen, aber ich weiß es besser. Mein bester Freund liebt seine Frau, keine Frage. Aber er ist sich durchaus bewusst, dass auch sie ihn vergöttert. Auf beiden Seiten gibt es keinerlei Grund zur Eifersucht. Und auch ich nehme ihm seine Reaktion nicht übel. Immerhin weiß ich, wie ich bei Frauen ankomme, und habe es, zugegeben, bereits das ein oder andere Mal ausgenutzt.

»Es ist immer wieder schön zu sehen, wie ihr euch in die Haare bekommt, aber ich muss jetzt wirklich gehen. Ich melde mich wegen heute Abend«, verabschiede ich mich von den beiden und gehe zur Rezeption, um mir meinen Zimmerschlüssel abzuholen. Ich bin gerade erst angekommen und möchte mich zumindest noch umziehen, bevor ich mich den Menschenmassen stellen muss.

3

ALICIA

Ich bin wirklich sehr froh darüber, gestern zeitig ins Bett gekommen zu sein. Zwar gehöre ich absolut nicht zu den Langschläfern, die es bei uns auf der Uni zur Genüge gibt, aber fünf Uhr früh ist dann auch für mich ein wenig zeitig. Okay, zugegeben, ich hätte durchaus noch eine halbe Stunde länger schlafen können, immerhin wohne ich nicht allzu weit vom Veranstaltungsort entfernt, aber wer will schon den wichtigsten Größen der IT-Branche begegnen und dabei aussehen, als wäre er gerade aus dem Bett gefallen? Ich jedenfalls nicht. Deshalb habe ich mir heute ein bisschen mehr Mühe als üblich mit meinem Aussehen gegeben. Immerhin bin ich nicht nur hier, um zu arbeiten und für Rosies Dad ein paar Kontakte zu knüpfen, sondern auch, um selbst einen guten Eindruck bei potenziell künftigen

Arbeitgebern zu hinterlassen. Schließlich ist mein Studium bald vorbei und auch ich kann nicht nur von Luft und Liebe leben.

Jedenfalls sehe ich vielleicht nicht mehr so aus, aber ich bin hundemüde, als endlich alle Vorkehrungen für das Event getroffen sind und Rosie und ich uns an unserem Arbeitsplatz für die nächsten Stunden positionieren, um die Eintrittskarten zu überprüfen.

»Ich könnte im Stehen einschlafen, so müde bin ich. Denkst du, wir können eine Pause machen, sobald die Eröffnung anfängt?«, fragt Rosie mich, als gerade niemand in unserer Nähe ist.

Tadelnd sehe ich sie an. »Du weißt schon, dass wir erst am Nachmittag abgelöst werden?« Tatsächlich haben wir noch einige Stunden Arbeit vor uns. Ich glaube kaum, dass es große Pausen für uns geben wird. Immerhin finden die verschiedensten Vorträge statt und nicht alle Besucher wollen sich auch jeden davon anhören. Deshalb werden wir wohl die ganze Zeit lang beschäftigt sein. Aber zumindest können wir uns die Abendveranstaltungen ansehen. Die sind ohnehin die interessantesten und werden von den einflussreichsten Personen der Branche gehalten. Demnach ist das dann auch die beste Zeit, um uns für Rosies Dad umzuhören.

Meine Freundin lässt ein lautes Stöhnen raus.

Jedoch wissen wir beide, dass sie sich durchbeißen wird, auch wenn sie noch so müde ist.

Wir kommen nicht dazu, uns noch weiter zu unterhalten, denn die Türen werden geöffnet und der Andrang an Besuchern ist enorm. Kein Wunder, schließlich wollte auch so ziemlich jeder unserer Kommilitonen eine Karte ergattern, was bei Weitem nicht allen gelungen ist. Die Plätze sind begrenzt und das Event ziemlich exklusiv. Deshalb haben Rosie und ich uns zum Glück frühzeitig um eine Stelle beworben. So können wir nach getaner Arbeit den Vorträgen zuhören und vielleicht sogar ein Gespräch mit dem ein oder anderen Sternchen führen. Angeblich sollen die Entwickler und Begründer diverser Social-Media-Plattformen, von Trend-Apps und weiß der Geier was noch alles heute hier dabei sein. Kurz zusammengefasst, das Who's who des Silicon Valleys wird erwartet. Auch wenn nicht alle ihre Geschäfte hier betreiben. Genug Möglichkeiten also, um Michael einen Kontakt zu legen und selbst die Fühler auszustrecken.

»Sir, Ihre Karte bitte«, stelle ich mich einem Mann in den Weg, der schnurstracks an mir vorbeilaufen wollte. Ein kurzer Blick auf sein Armgelenk zeigt mir, dass er noch nicht angemeldet ist. Zwar würde spätestens der Türsteher beim Eingang ihn hinauskomplimentieren, aber ich mache meine Arbeit gewissenhaft.

Mürrisch sieht er mich an, als wäre ich ein lästiges Insekt. Keiner hat behauptet, dass alle Nerds nett sind. Doch zum Glück greift er ohne weiteres Aufheben in seine Sakkotasche und zieht eine Einladung hervor. Er gehört also entweder zu den wichtigeren Menschen hier oder ist zumindest durch einen guten Kontakt an eine Einladung gekommen. Jedenfalls ist er bei uns beim falschen Eingang gelandet. Aus Sicherheitsgründen gibt es für all jene mit Einladung, die also zu den VIPs der Branche gehören, eine eigene Schleuse zum Event, damit sie abseits des Trubels ankommen können. Wie dem auch sei, haben wir für solche Fälle ein paar der richtigen Bänder bekommen, um eben jene Personen entsprechend ihres Status behandeln zu können und nicht wegschicken zu müssen.

»Danke«, sage ich also höflich zu ihm. »Darf ich Ihnen noch dieses Band umlegen? Damit haben Sie Zugang zu allen Bereichen.«

»Ja, ja, machen Sie schnell.« Er wirkt gehetzt, obwohl die Eröffnungsrede erst in einer halben Stunde losgeht. Nun, vielleicht will er vorher noch jemanden treffen. Wer weiß schon, was in den Menschen vor sich geht. Ich beeile mich, ihm das schwarze Band anzulegen, und wünsche ihm anschließend noch einen schönen Tag, was er mit einem erneuten Murren beantwortet. Mit einem Schulterzucken begebe ich mich zurück an meinen Platz, wo die Schlange immer länger zu werden scheint. Ein paar Studenten, die ich von der Uni kenne, und auch vereinzelt Personen, die offenbar extra für diese Veranstaltung angereist sind, aber leider keine Karte mehr bekommen haben, versuchen uns eines der begehrten Bänder abzuluchsen. Mit Überredungskunst, Bestechung oder auch einem Flirtversuch. Aber Rosie und ich sind uns der Verantwortung, die wir hier tragen, und außerdem der Auswirkungen, die es für uns hätte, wenn wir uns darauf einließen, sehr bewusst. Deshalb haben alle ohne Karte oder Einladung keine Chance.

Die meiste Zeit läuft unsere Arbeit aber problemlos. Die Gäste wollen selbst rechtzeitig zu Beginn der jeweiligen Vorträge im Konferenzraum sein und haben deshalb ihre Karten schon vorbereitet, bevor sie überhaupt bei uns ankommen, und zeigen sie vor, ohne danach gefragt zu werden. Das erleichtert uns einiges. Nach dem großen Auftakt der Konferenz ist der Andrang auch nicht mehr allzu groß und unser Job wird angenehmer. Trotzdem müssen wir einige Stunden durchhalten, bis wir endlich abgelöst werden.

Kurz vor Dienstende bin ich schon ein bisschen nervös. Immerhin habe ich vor, nicht nur wegen Michael Kontakte zu knüpfen, sondern selbst vielleicht schon einen Fuß in eine begehrte Firma zu bekommen. Meiner Meinung nach ist das im zwanglosen Gespräch, wie es hier vielleicht möglich sein wird, einfacher als bei einer Bewerbung per Post oder Mail.

»Denkst du, wir kommen direkt mit Entscheidungsträgern ins Gespräch?«, frage ich Rosie, als gerade niemand bei uns ist, um eines der Bändchen umgelegt zu bekommen. Doch auf eine Antwort muss ich leider warten. Ein Typ im Anzug rast auf den Eingang zu. Auf seinem Handgelenk befindet sich keines der Eintrittsbänder. Ich stehe also schnell auf, stelle mich ihm in den Weg und nehme dem Türsteher damit schon wieder seinen Job ab.

»Sir, Sie können hier nicht einfach so durch. Darf ich bitte zuerst Ihre Eintrittskarte sehen?«

Als er den Blick hebt und mir direkt in die Augen sieht, verschlägt es mir die Sprache. Seine smaragdgrünen Augen, die durch die dunklen, leicht verwuschelten Haare geradezu herausstechen, scheinen im Licht des Raums zu funkeln. Er tastet die Taschen seines Sakkos und der Hose ab und ich komme nicht umhin, seinen Händen zu folgen. So sieht für mich kein Nerd aus, der sich unerlaubten Zutritt zu einer Konferenz mit seinen Idolen verschaffen will. Aber wie ein Software-Mogul oder eine Tech-Ikone wirkt er ebenfalls nicht. Ich kann nicht genau beschreiben, weshalb er für mich nicht hierher passt.

Nachdem er alle Taschen doppelt durchsucht hat und offensichtlich nicht fündig geworden ist, sieht er mich wieder mit diesen unglaublichen Augen an.

»Es tut mir leid, ich finde sie nicht. Können Sie nicht eine Ausnahme machen?«

Fast vergesse ich aufgrund seiner tiefen, sanften Stimme zu reagieren. Doch nach einem kurzen Räuspern fange ich mich wieder.

»Nein, tut mir leid. Ohne Karte darf ich Ihnen kein Zutrittsband geben«, sage ich mit fester Stimme, die zu halten mir unsagbar schwerfällt.

»Kommen Sie schon. Ich halte gleich einen Vortrag. Wenn ich zurück ins Hotel gehe, um meine Einladung zu holen, komme ich zu spät. Was zu einer Verzögerung des ganzen Events führt.« Er lächelt mich schief an, was mich fast dazu bringt, nachzugeben. Fast. Denn dieser Tag hier ist auch für mich wichtig und wenn er nicht der ist, für den er sich ausgibt, kann ich echte Schwierigkeiten bekommen. Außerdem ist es bereits später Nachmittag. Wäre er wirklich einer der Vortragenden, sollte ich ihn eigentlich kennen. Immerhin sind jetzt die richtig wichtigen Leute an der Reihe.

Ich schüttle den Kopf. »Da es mein Job ist, nur geladene Gäste oder Besucher mit Eintrittskarte reinzulassen, kann ich leider nichts für Sie tun. Außer Sie haben einen Ausweis dabei, mit dem Sie Ihre Identität bestätigen können.« Der letzte Satz ist reine Formsache. Als er seine Taschen abgesucht hat, ist mir natürlich aufgefallen, dass er nichts dergleichen bei sich hat.

Seufzend fährt er sich durch die Haare.

»Der liegt ebenfalls im Hotel. Vermutlich neben meiner Einladung, die ich einfach hätte ausschlagen sollen, als ich noch die Gelegenheit dazu hatte. Gibt es noch einen anderen Weg, hier reinzukommen?«, fragt er mich doch tatsächlich.

»Sie können es bei dem Türsteher da drüben versuchen. Aber wie gesagt, ohne Band wird er Sie nicht reinlassen«, antworte ich ihm und deute zu dem Berg von einem Mann, der den Eingang mit Argusaugen bewacht. Von der VIP-Schleuse erzähle ich ihm nichts. Hätte er tatsächlich eine Einladung bekommen, sollte er eigentlich davon wissen. Und würde ich jeden dorthin schicken, der vorgibt, wichtiger zu sein, als er ist, hätte diese Sicherheitsvorkehrung wenig Sinn.

»Also gut. Danke.« Er dreht sich um und lässt mich leicht verwundert zurück. Ich hätte mit mehr Widerstand oder zumindest einer ruppigen Antwort gerechnet, aber sicher nicht damit, dass er sich auch noch bei mir bedankt. Dabei klang er noch nicht einmal sarkastisch. Ich sehe ihm noch kurz nach, wie er auf den Türsteher zugeht, geselle mich wieder zu Rosie, die doch noch ein paar Besucher abfertigen muss, und helfe ihr.

»Was war das denn?«, fragt sie mich neugierig,

während wir Karten entgegennehmen und Bänder umlegen.

»Er hatte keine Karte, also hab ich ihn weggeschickt«, antworte ich wahrheitsgemäß.

»Alle Achtung. Bei solch einem Leckerbissen wäre mir das schwergefallen.«

Ist es mir auch, aber das sage ich ihr nicht.

Als wir einige Minuten später alle Nachzügler abgefertigt haben und unsere Ablöse bereits eingetroffen ist, sehe ich mich zu dem Türsteher um. Natürlich ist der Mann von vorhin nicht mehr da. Wahrscheinlich ist er frustriert abgezogen, nachdem er auch am Eingang abgewimmelt wurde.

4

BLAKE

Jedes Mal, wenn ich auf derlei Veranstaltungen bin, frage ich mich, weshalb die Mitarbeiter nicht besser gebrieft werden. Ich meine, schon klar, dass die jungen Mädchen nicht jeden kennen können. Außerdem arbeiten sie bestimmt auch auf Events anderer Branchen. Aber zumindest die wichtigsten Personen sollten ihnen schon bekannt sein, wenn sie für die Vergabe der Zutrittsbänder zuständig sind. Wobei sich die Kleine vermutlich nicht einmal bewusst darüber ist, welchen fatalen Fehler sie gerade begangen hat. Ihr Boss wäre jedenfalls nicht sonderlich amüsiert darüber, dass ausgerechnet sein wichtigster Keynote-Speaker am Empfang gescheitert ist.

Ich habe heute die Ehre, oder vielmehr die Aufgabe, den Auftakt der Abendveranstaltungen einzuleiten. Die Vorträge, die bisher gehalten wurden, sind interessant, bringen aber nur wenig neue Erkenntnisse. Sie waren eher für ein breites Publikum gedacht, während der Abend ganz auf die Experten und Insider ausgerichtet ist. Also ja, ich habe den interessantesten Part abbekommen. Auch wenn es das für mich nicht wirklich besser macht. Für die attraktive Empfangsdame jedenfalls auch nicht. Wobei ich davon absehen werde, sie zu verpfeifen. Immerhin hat sie mich mit ihrer bestimmenden Art durchaus beeindruckt.

Aber jetzt muss ich mich erst einmal darum kümmern, überhaupt so weit vor zu kommen. Der Türsteher sieht mir nämlich ebenfalls nicht danach aus, als hätte er jemals von mir gehört. Ich zücke also mein Handy und will gerade wählen, als mir jemand auf die Schulter klopft. Überrascht drehe ich mich um.

»Louis, ich wollte dich gerade anrufen«, begrüße ich den Mann, der diese Konferenz überhaupt erst möglich gemacht hat.

»Blake, mein Freund, hast du dich etwa schon verlaufen?«, nimmt mich mein ehemaliger Kommilitone auf den Arm, weil ich schon früher gerne meine Nase in Bücher gesteckt habe und dadurch nicht nur einmal vom Weg abgekommen bin. Wir haben uns damals im dritten Semester kennengelernt und sind bis heute in Kontakt geblieben. Zwar hat es ihn immer geärgert, dass ich meinen

Abschluss noch vor ihm gemacht habe, obwohl ich doch einige Jahre jünger bin als er, aber es kann nie schaden, die richtigen Nummern parat zu haben und vernetzt zu sein.

»Tja, du kennst mich doch«, gehe ich auf seine Vorlage ein, um das Mädchen vom Empfang in Schutz zu nehmen.

»Dann komm mal mit. Du musst gleich auf der Bühne sein.« Mit diesen Worten öffnet er mir die Tür zu den Konferenzräumen. Erleichtert aufatmen kann ich allerdings nicht. Schon gar nicht, als ich die vielen Menschen sehe, die mir heute noch zuhören werden. Das wird ein Spaß werden. Nicht.

Gleich nachdem ich die ersten Schritte in den Raum hinein gemacht habe, fängt das Händeschütteln auch schon an. Offenbar kennen einige der Anwesenden mein Gesicht von damals, als ich als jüngster Absolvent die Uni mit einem Doktortitel verlassen und meine eigene Firma gegründet habe. Heute versuche ich, mich von der Presse fernzuhalten. In New York, als einer der begehrtesten Junggesellen, gelingt mir das nicht immer. Wobei es seit Adams Verlobung mit Demi besser geworden ist. Meist hat nämlich er für die Schlagzeilen gesorgt, in denen ich eher als Beiwerk erschienen bin. Ich bin eben zurückhaltender, was das betrifft. Jedenfalls sollte man mich hier in Palo Alto nicht sofort auf der Straße erkennen. Aber auf dieser Konferenz ist das natürlich etwas anderes. Außerdem stehe ich gleich auf der Bühne. Es ist also ohnehin unvermeidbar, auch von jenen erkannt zu werden, die bisher kein Bild von mir im Kopf hatten.

»Ich muss euch Blake leider entführen. Ihr habt bestimmt später noch Zeit, miteinander zu plaudern«, rettet mich Louis, als es ihm offenbar zu langsam voran geht, und lotst mich auf direktem Weg in den Backstage-Bereich.

»Ist es nicht ungewöhnlich, Sprecher und Gäste durch den gleichen Eingang gehen zu lassen?«, frage ich ihn. Normalerweise gibt es schon aus Sicherheitsgründen einen eigenen Bereich für die sogenannten VIPs.

Louis hält an, um mir die Tür nach hinten zu öffnen, sieht mich mit einem amüsierten Schmunzeln an, das jederzeit in einen Lachanfall übergehen könnte, und ich beginne zu ahnen, etwas falsch gemacht zu haben.

»Du hast dir die Einladung nicht mal durchgelesen, oder?«

»Ort und Zeit stand auf der Vorderseite, weshalb sich also noch die Mühe machen und das Kleingedruckte lesen?«, mache ich einen Scherz. Ich weiß, dass ich es mit solchen Details nicht unbedingt habe und manchmal leicht schusselig sein kann, was derlei Dinge angeht. Dafür bin ich umso besser in meinem Job. Oh Mann, ich komme mir hier langsam vor, als wäre ich eine Niete, was soziale Umgänge angeht, dabei stimmt das gar nicht. Ja, meine Aufmerksamkeitsspanne, was all jene Dinge betrifft, die mir persönlich unwichtig erscheinen, ist nicht gerade hoch. Das liegt aber schlichtweg daran, dass auch mein Tag nur vierundzwanzig Stunden hat und ich Wichtigeres zu tun habe, als auf einer Einladung zu checken, welchen Eingang ich nehmen muss.

»Na egal. Lass dir von dem Typ da hinten ein goldenes Band geben, das weist dich als Sprecher aus und du hast zu allen Bereichen Zugang. Ich geh einstweilen auf die Bühne und kündige dich an.« Mit diesen Worten lässt er mich stehen, schnappt sich das Mikro, das ihm bereits entgegengehalten wird, und setzt ein strahlendes Lächeln auf, bevor er die Stufen hinauf zur Showbühne nimmt. Das nenne ich dann mal perfektes Timing. Schnell hole ich mir dieses Band, binde es um mein Handgelenk und warte darauf, von Louis meinen Namen zu hören.

5

ALICIA

Endlich dürfen auch Rosie und ich unsere Posten verlassen. Das Gehalt für diesen Tag hier ist zwar äußerst mickrig, aber dafür haben wir zusätzlich schwarze Bänder für die Konferenz bekommen. Erst wollte uns Louis, der Veranstalter, mit den blauen abspeisen, die für gewöhnliche Besucher mit den billigsten Tickets vorgesehen sind. Aber nach ein bisschen Überredungskunst haben wir nun Zutritt zu allen Bereichen und somit auch eine reale Chance, auf die wichtigsten Menschen hier zu treffen.

»Ich würde mir gerne die Keynote anhören. Es geht um künstliche Intelligenz. Kommst du mit?«, frage ich Rosie, doch ich ahne schon, dass sie anderes vorhat.

»Geh du nur. Ich schau lieber gleich zur Bar.

Dort sind bestimmt die interessanteren Männer«, erwidert sie mit einem Augenzwinkern.

Sie kann es einfach nicht lassen und streckt überall ihre Fühler aus, wo sie einen potenziellen Verehrer vermutet. Aber gut. Ich weiß genau, wie wichtig ihr auch die Firma ihres Vaters ist, deshalb gehe ich nicht davon aus, dass sie das vergessen wird. Und bei einem Vortrag kann man wirklich schlecht Kontakte knüpfen. Vielleicht ist das Vorhaben also auch schon erledigt, sobald ich danach zu meiner Freundin stoße.

»Okay, ich komm dann auch hin«, sage ich, während ich mich schon auf den Konferenzsaal zu bewege.

Da die Keynote bereits in vollem Gange ist, öffne ich ganz vorsichtig die Tür, um nicht unnötig aufzufallen. Ich schaue mich nach einem freien Platz um, kann aber nur in der zweiten Reihe einen entdecken. Deshalb schleiche ich mich an der Wand bis nach vorne und habe keine andere Wahl, als mich durch die Stühle zu zwängen.

»Entschuldigen Sie bitte«, flüstere ich einem älteren Herrn zu, der mir einen vernichtenden Blick zuwirft, als er seine Beine für mich einziehen muss. Erst als ich bei dem freien Platz ankomme und mich gesetzt habe, blicke ich hinauf zur Bühne. Und erstarre.

Als wäre mir die Situation gerade nicht peinlich

genug, wirft mir der Mann da oben auch noch ein umwerfendes Lächeln entgegen. Er spricht also tatsächlich auf der Konferenz. Und nicht nur das. Er ist auch noch der Keynote-Speaker und somit der wichtigste Sprecher des gesamten Events. Der Mann, der die neue Software entwickelt hat, über die sich die ganze Branche unterhält. Habe ich ernsthaft Blake Sutton den Zutritt zu einer Veranstaltung verweigert, die ihn als den größten Star feiert? Oh Mann. So was kann auch nur mir passieren. Und das alles nur, weil ich mich zwar für die neuesten Entwicklungen und durchaus auch die Namen der bekanntesten Größen interessiere, aber leider nicht für deren Gesichter. Tatsächlich habe ich noch nie ein Foto von Blake Sutton gesehen. Angeblich ist er öfter mal mit diversen Frauen in Klatschmagazinen abgelichtet, aber die lese ich nicht. Sonst scheint er mir eher zurückhaltend, was Interviews oder dergleichen angeht. Wie auch immer, jedenfalls hat mich das in eine ziemlich peinliche Situation gebracht.

Ich spüre, wie mein Gesicht heiß wird. Bestimmt glühe ich bereits wie eine Tomate und ich könnte mir durchaus vorstellen, dass Blake Sutton das von der Bühne aus sehr gut sehen kann. Weshalb musste ich auch unbedingt zu diesem Vortrag kommen? Ich hätte doch lieber mit Rosie an die Bar gehen sollen, dann wäre mir das erspart geblieben. Wobei, wenn es stimmt, was man sich über ihn erzählt, wäre ich ihm spätestens nach seinem

Auftritt über den Weg gelaufen. Das hier muss doch die ideale Gelegenheit für ihn sein, eine Frau aufzureißen. Ich schaue mich im Publikum um. Nicht nur aus Interesse, ob er tatsächlich von den weiblichen Besuchern angehimmelt wird, sondern auch, um seinem Blick auszuweichen, der nach wie vor auf mir ruht. Es scheint ihm Spaß zu machen, meine Verlegenheit zu beobachten. Aber nicht mit mir. Ich bemühe mich darum, wieder einen kühlen Kopf zu bekommen und nicht auf meinem Sitz hin und her zu rutschen, setze mich, nachdem ich mich davon überzeugt habe, dass er tatsächlich viele weibliche Fans zu haben scheint, aufrecht hin und starre ihn ebenfalls an. Mal sehen, wer das Blickduell länger hält.

Lange muss ich nicht warten und schon wieder komme ich mir doof vor. Wie konnte ich nur davon ausgehen, von einem solchen Mann wichtig genug genommen zu werden, um seine Aufmerksamkeit über längere Zeit bei mir zu halten? Ich meine, in diesem Saal sitzen mehrere Hundert Menschen und er hält gerade einen Vortrag. Natürlich kann er mich nicht die ganze Zeit lang anstarren, nur um sich über mich lustig zu machen.

Da ich nun nicht mehr beobachtet werde, kann ich auch halbwegs dem Inhalt des Gesagten folgen und muss leider zugeben, beeindruckt zu sein. Der Mann hat wirklich was drauf. Schade, dass ich den Anfang verpasst habe, aber zum Glück konnte ich ihm trotzdem folgen. Immerhin habe ich mich genau auf seine Fachrichtung spezialisiert. Obwohl ich gerne noch mehr zu dem Thema erfahren hätte, warte ich die Fragerunde nicht ab, sondern verschwinde in den nächsten Raum, in dem es lockerer zugeht und ich mich für Michael und mich ein wenig umhören möchte. Außerdem will ich nur ungerne in eine weitere peinliche Situation mit Blake Sutton verwickelt werden.

6

BLAKE

Nachdem mein Vortrag vorbei ist, ich einige Fragen zum Thema beantwortet und auch der Presse zur Verfügung gestanden habe, kann ich endlich von der Bühne gehen und erleichtert durchatmen. Das wäre geschafft. Wie immer nach einer solchen Veranstaltung nehme ich mir auch diesmal vor, mich nie wieder zu so etwas überreden zu lassen. Das nächste Mal sollte ich mich auch daran halten.

»Toller Vortrag, Blake. Ich würde mich freuen, wenn du nächstes Jahr wieder dabei bist.« Zum Glück kann Louis keine Gedanken lesen. Er wäre bestimmt nicht sehr erfreut.

»Warten wir mal ab. In einem Jahr kann sich viel tun«, sage ich vage und setze dabei ein Grinsen auf, nach dem mir ganz und gar nicht zumute ist. Im Grunde will ich nur noch schnell von hier weg und mich vielleicht mit Adam und Demi treffen, sofern es ihnen nicht zu spät geworden ist.

»Kommst du noch mit rüber in die VIP-Lounge? Du weißt schon, Kontakte knüpfen und so.« Louis grinst mich schief an. Vermutlich will er mir eher die hübschen Hostessen vorstellen als die anderen Kollegen. Doch heute habe ich darauf keine Lust.

»Tut mir leid. Ich habe noch einen Termin«, lehne ich den Vorschlag also ab, klopfe ihm zur Verabschiedung auf die Schulter und verschwinde in Richtung Ausgang, während ich mein Handy zur Hand nehme.

»Blake, haben Sie dich von der Bühne geworfen?«, begrüßt mich Adams Stimme lachend am anderen Ende der Leitung.

»Nein, leider. Ich musste die ganzen zwei Stunden durchhalten«, seufze ich gespielt verzweifelt ins Telefon, was meinen Kumpel noch mehr zum Lachen bringt.

»Du Armer. Kann dich ein Essen aufheitern? Demi und ich wollen in einer Stunde ins Protégé. Wir würden uns freuen, wenn du uns Gesellschaft leistest.«

Da ich seit meiner Abreise aus New York noch nichts gegessen habe, ist es tatsächlich keine schlechte Idee, in ein Restaurant zu gehen. Außerdem kenne ich das Protégé, weshalb mir nur beim Gedanken daran das Wasser im Mund zusammenläuft.

»Ja, ich bin dabei. Fahren wir gemeinsam hin?«, frage ich Adam, als mir eine Frau an der Bar auffällt, an der ich gerade vorbeikomme. Sie grinst mich an, als würde sie mich kennen. Mir hingegen kommt sie nicht bekannt vor. Aber das will nichts heißen. Es kam nicht erst einmal zu einer peinlichen Begegnung mit einer Eroberung, an die ich mich nicht mehr erinnern konnte. Ich wende mein Gesicht von ihr ab und hoffe, sie so davon abhalten zu können, mich anzusprechen.

»Klar. Wir nehmen einfach eine Limousine des Hotels«, ertönt es in der Zwischenzeit aus dem Hörer.

»Perfekt. Bis später«, verabschiede ich mich von Adam und konzentriere mich darauf, hier so schnell wie möglich rauszukommen. Doch leider ist die Frau von der Bar schneller als ich.

»Sind Sie nicht der Typ von vorhin, der seine Karte vergessen hat?«, fragt sie mich und ich lächle sie erleichtert an. Also keine Verflossene. Dafür müsste sie aber die Empfangsdame kennen, die mich so forsch abgewimmelt hat.

»Ja, genau. Zum Glück habe ich es trotz Ihrer Kollegin rechtzeitig zu meinem Vortrag geschafft.«

»Sie sind also tatsächlich Sprecher?«, fragt sie mich und sieht verwirrt aus.

»Blake Sutton, freut mich, Sie kennenzulernen«, stelle ich mich ihr vor und reiche ihr meine Hand.

Ich kann den Moment, in dem ihr ein Licht aufgeht, förmlich sehen.

»Ich bin Rosie. Sie sind also der Keynote-Speaker. Dann sollte Alicia ihren Fehler mittlerweile bemerkt haben«, grinst sie mich an. »Nehmen Sie es ihr nicht übel. Sie ist zwar blitzgescheit, aber Gesichter sind nicht gerade ihre Stärke.«

Zumindest hat sie mich in der kurzen Zeit zwischen Empfang und Vortrag wiedererkannt. Außerdem ist mir natürlich nicht entgangen, wie sie mich angesehen hat. Auch wenn sie professionell geblieben ist. Vergessen wird sie mein Gesicht so schnell jedenfalls nicht mehr.

»Schon in Ordnung, ich bin nicht nachtragend«, lasse ich ihre Freundin wissen.

»Wollen Sie etwas mit mir trinken?«, schießt Rosie plötzlich hervor und zeigt zur Bar hinüber.

Nach einem kurzen Blick auf die Uhr entscheide ich mich dafür, der Einladung zu folgen. Die kleine Rothaarige sieht mir nicht danach aus, als würde sie mit mir fachsimpeln wollen, und ich kann eine kurze Verschnaufpause, bevor ich mich mit Adam und Demi treffe, ganz gut gebrauchen. Zumindest lade ich meine Langeweile dann nicht bei den beiden ab.

»Klar, gerne«, sage ich also und begleite sie zu einem freien Barhocker. Da der Andrang hier recht groß ist, bleibt mir nichts anderes übrig, als mich dicht neben sie zu stellen, was ihr zu gefallen scheint. Mit einem lüsternen Blick schaut sie mir in die Augen.

Da ich keine Ahnung habe, worüber ich mit dieser Rosie reden sollte, außer natürlich über ihre hübsche Freundin, aber das würde vermutlich nicht so gut ankommen, stelle ich ihr die erstbeste Frage, die mir in den Sinn kommt, auch wenn sie noch so banal klingt.

»Sie interessieren sich also für IT?«

»Ja, mein Vater hat eine eigene Software-Firma. So bin ich quasi mit diesem Beruf groß geworden und studiere jetzt selbst an der Stanford. Dad sucht gerade nach einem Käufer für seine Firma, deshalb kam mir der Job hier sehr gelegen. Ich kann Kontakte knüpfen, um vielleicht selbst eine Stelle für nach meinem Abschluss zu finden, und gleichzeitig nach jemandem suchen, der an der Firma interessiert ist.«

Das ist dann also auch der Grund, weshalb sie unbedingt mit mir etwas trinken wollte. Von Frauen, die sich mit Hintergedanken an mich ranmachen, habe ich allerdings die Schnauze voll. Schon bereue ich es, mich in diese Situation gebracht zu haben. Leider bin ich viel zu höflich, um einfach abzuhauen, deshalb werde ich mich wohl oder übel auf das Gespräch einlassen müssen.

»Wieso will Ihr Vater denn verkaufen, wenn ich fragen darf?«

»Er will sich zur Ruhe setzen. Aber einfach hat

er es damit nicht. Seine Angestellten liegen ihm sehr am Herzen und er verkauft nur, wenn er sie gut untergebracht weiß. Falls Sie jemanden kennen, sein Name ist Michael Johnson.« Rosie lacht. »Nein, keine Sorge. Ich habe Sie nicht angesprochen, weil ich Sie für einen potenziellen Käufer halte, sondern weil Sie mir gefallen, Blake Sutton. Oder darf ich einfach nur Blake sagen?«

»Gerne«, sage ich mit zusammengebissenen Kiefern. Die Kleine geht ganz schön ran und ich befürchte, noch in die Verlegenheit zu kommen, ihr eine Abfuhr erteilen zu müssen. Doch anstatt näher darauf einzugehen, was ihr an mir so gut gefällt, wendet sie sich abrupt dem Barkeeper zu, um zwei Drinks zu bestellen. Durch die Bewegung berührt ihr Oberschenkel meinen und ich möchte wetten, das war beabsichtigt. Die Kleine hat heute wohl noch viel vor, aber da ist sie bei mir leider an der falschen Adresse. Für gewöhnlich würde ich sie, ohne zu zögern, in mein Hotelzimmer mitnehmen. Aber ich halte meine Verabredungen ein und werde meinen besten Freund nicht für eine heiße Nacht versetzen. Außerdem wäre meine Chance bei ihrer Freundin dann wohl verspielt. Anstatt meine Hand auf ihren Schenkel zu legen, reagiere ich also nicht darauf, was sich schon im nächsten Moment als die richtige Entscheidung herausstellt.

Gerade als der Barkeeper uns die Getränke reicht, steht auf einmal Alicia vor uns. Wenn mich nicht alles irrt, funkelt Eifersucht in ihrem Blick auf.

»Alicia, sieh mal, wen ich getroffen habe«, ruft Rosie freudig, als sie ihre Freundin bemerkt, und lehnt sich noch etwas näher zu mir rüber.

Ich hingegen mache einen Schritt nach vorne auf Alicia zu und reiche ihr meine Hand. »Blake Sutton, freut mich.« Nach kurzem Zögern greift sie zu.

»Alicia Knight.« Als ich ihre Hand länger als nötig halte und ihr dabei direkt in die Augen sehe, wird sie doch tatsächlich rot. Schließlich wendet sie ihren Blick ab und unterbricht ihrerseits unsere keusche Berührung.

»Tut mir leid, dass ich Sie nicht gleich erkannt habe«, entschuldigt sie sich verlegen, was ich sofort mit einer Handbewegung abtue.

»Ach, schon gut. So was kann doch jedem passieren.«

»Ihr Vortrag war wirklich gut. Die Idee der Speicherlösung, um die Datenschutzrichtlinien erfüllen und trotzdem das volle Spektrum der künstlichen Intelligenz ausreizen zu können, ist genial«, wechselt sie das Thema und meine Augenbrauen schnellen automatisch in die Höhe. Lange nicht jeder im Saal konnte meinen Ausführungen folgen und wie ich das mitbekommen habe, kam Alicia auch noch zu spät, wodurch sie den Anfang und somit die Erklärung dazu verpasst hat.

»Du interessierst dich auch für das Thema? Ich darf doch Du sagen, oder?«, frage ich sie mit meinem charmantesten Lächeln, woraufhin sie erneut rot anläuft. Die Kleine ist echt süß. Sie wirkt richtig unschuldig, nicht so versaut wie die Frauen, mit denen ich sonst zu tun habe. Ich fand sie mit ihren blonden Haaren und den funkelnden blauen Augen schon attraktiv, als sie mich rausschmeißen wollte. Aber, dass sie auch noch was im Köpfchen hat, macht mich richtig an.

»Natürlich. Ich mache gerade meinen Doktor hier an der Stanford. Künstliche Intelligenz ist mein Spezialgebiet.«

Wow, ich bin beeindruckt. Gerade will ich sie noch mehr über ihr Studium ausfragen, da mischt sich Rosie ein.

»Würdest du uns kurz entschuldigen, Blake? Ich muss noch eine Kleinigkeit mit Alicia klären«, sagt sie, während sie sich beeilt, vom Barhocker runterzukommen, und nimmt auch schon ihre Freundin am Arm, um sie weg zu führen. Na toll. Wahrscheinlich wurde sie eifersüchtig, weil Alicia und ich ein gemeinsames Thema gefunden haben, und will ihrer Freundin jetzt klarmachen, sie soll die Finger von mir lassen. Schade. Denn so wie Alicia aussieht, wird sie sich dieser Rosie nicht in den Weg stellen wollen.

7

ALICIA

»Was ist denn los?«, frage ich Rosie, weil es mir reichlich seltsam vorkommt, dass sie einen attraktiven Mann einfach so an der Bar sitzen lässt.

»Wie findest du ihn?«

»Wen? Blake Sutton? Nun, er ist anscheinend eine Koryphäe auf seinem Gebiet und …« Rosie unterbricht mich mit einer wirschen Handbewegung.

»Das meine ich nicht. Er sieht gut aus, oder?«

»Äh, ja. Ich meine für …« Schon wieder werde ich von ihr mitten im Satz abgewürgt.

»Jetzt tu nicht so. Er ist der heißeste Typ auf dieser Veranstaltung. Wenn es dich nicht stört, würde ich gerne mein Glück bei ihm versuchen.«

Verdattert schaue ich meine Freundin an. Bisher hat sie mich noch nie um meine Erlaubnis gefragt, wenn es um einen Kerl ging, deshalb verstehe ich ihr jetziges Verhalten nicht ganz. Außerdem, was denkt sie denn? Blake Sutton spielt in einer ganz anderen Liga und abgesehen davon, wohnt er in New York. Soweit ich weiß, ist er extra für diese Veranstaltung nach Palo Alto gekommen und wird wohl nicht sonderlich lange hier sein. Da ich absolut kein Typ für eine kurze Affäre bin, hätte ich ohnehin die Finger von ihm gelassen. Wenn ich auch zugeben muss, dass alleine sein Händedruck meine Knie schon hat weich werden lassen.

»Kein Problem, Rosie. Tu, was du nicht lassen kannst«, sage ich trotzdem zu ihr. »Aber denk auch an deinen Dad. Vielleicht kann dieser Blake etwas für ihn tun. Ich war nach dem Vortrag noch in der VIP-Lounge, konnte auch mit einigen Leuten reden, aber die haben nicht gerade großes Interesse gezeigt«, erzähle ich ihr in Kurzform, was in den letzten Stunden passiert ist.

»Ich habe mich auch schon umgehört. Man glaubt gar nicht, wen man an so einer Bar alles trifft. Aber erreicht habe ich leider auch nichts.« Jetzt wirkt sie niedergeschlagen, was absolut verständlich ist. Wir hatten große Hoffnungen, was diese Konferenz betrifft. Dass ich die ein oder andere Visitenkarte abgestaubt habe, um mich nach Ende meines Studiums zu bewerben, erzähle ich ihr besser ein anderes Mal.

»Sollten wir nicht langsam zurückgehen? Er wird sich noch wundern, wo wir so lange bleiben«, mache ich Rosie auf das Offensichtliche aufmerksam. Wenn sie den Kerl zu lange alleine lässt, verschwindet er am Ende noch mit einer anderen Frau. Immerhin soll er kein Kind von Traurigkeit sein und davon, dass seine Fanbase gerade unter den weiblichen Exemplaren nicht gerade klein ist, konnte ich mich schon während seines Vortrags überzeugen.

»Du hast recht.« Rosie schlägt sich die Hand auf den Mund. »Da plappern wir hier herum, während mein persönlicher Traum einsamer Nächte direkt an der Bar hockt.« So schnell kann ich gar nicht schauen, dreht sie sich um und flitzt zurück. Ich habe Mühe, ihr zu folgen, sehe allerdings schon nach einigen Schritten, dass ihr Traum anscheinend ausgeträumt ist.

»Er ist weg«, ruft sie entsetzt aus.

»Tja, da war dann wohl eine andere schneller«, gebe ich in einem bedauernden Tonfall zurück, komme aber nicht umhin, auch erleichtert zu sein. So ganz egal wäre es mir doch nicht gewesen, wenn Rosie mit ihm abgezogen wäre.

»Ach, was soll's. Andere Mütter haben auch schöne Söhne«, tut sie die Sache mit einem Schulterzucken ab und ich bin ein zweites Mal an diesem Tag über Rosies Reaktion erstaunt. Echt jetzt? So schnell ist sie wieder darüber hinweg?

»Na, der muss es dir wirklich angetan haben«, lache ich über ihren plötzlichen Sinneswandel.

»Ach was. Wenn er nicht einmal fünf Minuten auf mich warten kann, ist er es nicht wert.«

Recht hat sie. Bei einem solchen Mann wären die Tränen bereits vorprogrammiert gewesen.

»Wollen wir uns unser Gehalt holen und von hier verschwinden?«, schlage ich vor und Rosie willigt sofort ein. Nach den Stunden am Empfang und den Gesprächen mit den VIPs, die zwar interessant, aber trotzdem fordernd waren, würde ich am liebsten nur noch ins Bett. Auch Rosie sieht abgeschlagen aus, wenn ich sie genau betrachte. Bei ihr kommt auch noch die Sorge um ihren Dad dazu, um die ich sie wirklich nicht beneide.

Wir machen uns also auf den Weg, Louis zu suchen, der wahrscheinlich noch immer im VIP-Bereich ist und sich an die Hostessen ranmacht. Das ist der Vorteil an der Arbeit am Empfang. Man wird nicht pausenlos unaufgefordert von irgendwelchen Typen angequatscht. Wenn dort einer mit uns flirtet, dann nur, weil er unbedingt an der Konferenz teilnehmen möchte. Erst, wenn sie einmal drinnen sind, entspannen sie sich und widmen sich den freudigen Dingen des Lebens. Fast wären auch Rosie und ich als Hostessen eingeteilt worden, aber zum Glück konnte ich Louis davon überzeugen, uns anderweitig einzusetzen.

Tatsächlich entdecken wir unseren Arbeitgeber

in einer Nische umringt von drei Frauen, die vielleicht gerade die Volljährigkeit erreicht haben.

»Hey Louis, wir werden dann gehen«, lasse ich ihn wissen, als ich es geschafft habe, mich durch die menschliche Barriere zu quetschen.

»Alles klar. Ladys, lasst mich mal durch hier.« Umständlich erhebt er sich von der Sitzbank und geht voran in Richtung des Sicherheitsbereichs, wo sich auch unser Geld befinden sollte. Einerseits ist es natürlich toll, direkt an Ort und Stelle in bar bezahlt zu werden. Andererseits wäre es wesentlich einfacher, er würde uns das Geld überweisen. Wir haben schon öfter solche Jobs angenommen und nicht erst einmal viel zu viel Zeit damit vergeudet, unseren Arbeitgeber in dem Gewühl auf einer gut besuchten Veranstaltung zu finden. Leider ist der Handyempfang nicht bei jeder Location top und manchmal ist es schlichtweg zu laut, um das Läuten überhaupt hören zu können. Aber diesmal hatten wir immerhin Glück.

»Hier bitte«, überreicht er uns schließlich unser Gehalt. »Ach und Alicia, ich habe Blake Sutton deine Nummer gegeben. Anscheinend hast du Eindruck bei ihm hinterlassen«, grinst er mich verschmitzt an und ich staune nicht schlecht, während Rosie eine Schnute zieht.

»Wann genau war das?«, fragt sie ihn leicht angesäuert. Irgendwie kann ich sie verstehen. Immerhin hat sie sich an der Bar ordentlich an ihn rangeschmissen. Ich habe die beiden kurz beobachtet, bevor ich auf sie zugegangen bin. Hoffentlich hat Blake davor nach meiner Nummer gefragt.

»Gerade eben. Er hat mir eine Nachricht gesendet«, sagt Louis und hält wie zum Beweis sein Handy in die Höhe.

»Aha«, gibt Rosie zurück und macht Anstalten zu gehen.

»Danke, Louis. Bis zum nächsten Mal«, verabschiede ich mich höflich von unserem Arbeitgeber, bevor ich meiner Freundin nachlaufe. Er hat uns während des gesamten Studiums mit Aushilfsjobs wie den heutigen versorgt und auch, wenn wir bestimmt bessere Möglichkeiten gehabt hätten, nebenbei etwas Geld zu verdienen, bin ich ihm doch dankbar dafür. Einige unserer Kommilitonen starten bereits während ihrer Ausbildung eine eigene Firma und bauen sich eine Karriere auf. Aber mir war wichtig, mich auf meinen Abschluss zu konzentrieren und erst danach durchzustarten. Jeder eben, wie er will. Jedenfalls kam mir Louis' Angebot im ersten Semester, auf seinen Veranstaltungen auszuhelfen, da gerade recht. Auch Rosie fand die Idee toll, vor allem, da wir auf diese Weise viel Zeit zusammen verbringen konnten. Wer weiß, wie das weitergeht, wenn wir erst unseren Doktortitel in der Tasche haben und uns am Arbeitsmarkt umsehen. Vielleicht verschlägt es uns sogar in unterschiedliche Himmelsrichtungen. In dem Fall würde sie mir schon fehlen.

Wir sind beide in San Francisco aufgewachsen. Rosie bei ihrer Mum und ich bei meinen Eltern. Obwohl meine Freundin bei ihrem Dad hätte unterkommen können, stand für uns von Anfang an fest, dass wir uns ein Zimmer im Studentenwohnheim teilen würden. Im Grunde sind wir Schwestern im Herzen. Umso weniger möchte ich einen Streit wegen eines Mannes riskieren.

»Rosie, jetzt bleib doch mal stehen.« Nachdem ich mich beeilt habe, sie einzuholen, erwische ich sie am Arm und halte sie auf. »Bist du sauer auf mich?«, frage ich sie, da ich ihre Reaktion so richtig gar nicht einschätzen kann.

Nach einer kurzen Pause seufzt sie schließlich auf. »Nein, natürlich nicht. Ich habe schließlich nicht mehr als ein paar Sätze mit dem Typen gewechselt. Aber im Moment war ich beleidigt, weil er nach deiner Nummer gefragt hat und nicht nach meiner«, gibt sie ehrlich zu.

»Ich muss nicht abheben, wenn er sich tatsächlich melden sollte«, biete ich ihr erleichtert und mit einem Grinsen im Gesicht an.

»Blödsinn. Der Kerl ist der Hammer. Wenn du eine Chance hast, greif zu«, erwidert sie enthusiastisch und wir beide verfallen in lautes Gekicher. Na also. Kein Streit. Zum Glück.

8

BLAKE

Eine kalte Dusche wäre besser für mich gewesen, als jetzt mit Adam und Demi in diesem Restaurant zu sitzen und ihnen dabei zuzusehen, wie sie die Hände nicht voneinander lassen können. Normalerweise stört mich das nicht. Ich bräuchte nur einen Anruf zu tätigen und mich würde eine heiße, bereitwillige Frau auf meinem Zimmer erwarten, sobald ich zurück bin. Nur kenne ich mich gut genug, um zu wissen, dass keine andere die Begierde, die von dieser Alicia ausgelöst wurde, stillen könnte. Intellekt macht mich eben an. Überhaupt wenn er gepaart mit ihrem Aussehen daherkommt.

»Blake? Hey, Mann, was ist denn nur mit dir los?« Adam wedelt mit seiner Hand vor meinem Gesicht herum und reißt mich dadurch aus meinen Gedanken.

»Bitte was?«, frage ich ihn, weil er offensichtlich auf eine Reaktion meinerseits wartet.

»Ich habe dich gerade gefragt, wie dir das Hotel gefällt. Ist alles okay mit dir? Du bist zwar immer etwas seltsam, aber derart abwesend hab ich dich noch nicht erlebt.« Schmunzelnd sieht er mich an.

»Danke für das Kompliment. Ich musste nur gerade an jemanden denken«, erwidere ich ehrlich, ohne jedoch zu viel zu verraten.

»An eine Frau?«, meldet sich nun Demi zu Wort. Damit habe ich nicht gerechnet. Adam hätte meine Antwort einfach hingenommen und das Gespräch von vorhin weitergeführt. Seine Frau scheint da feinfühliger zu sein. Pech für mich, denn jetzt muss ich irgendwie wieder aus der Sache rauskommen.

»Ja. Eine Mitarbeiterin der Konferenz. Stellt euch vor, sie wollte mich doch tatsächlich nicht zu meinem Vortrag lassen«, greife ich nach dem erstbesten Vorfall, der meine geistige Abwesenheit halbwegs rational erklären könnte.

»Hast du schon wieder deine Karte vergessen?«, fragt Adam amüsiert, während Demi mich aufmerksam mustert. Sie ahnt etwas. Mist.

»Ganz genau. Und offenbar ist mein Gesicht nicht bekannt genug, als dass es als Eintrittskarte genügen würde«, antworte ich lachend und vermeide dabei, Demi in die Augen zu sehen.

»Sie gefällt dir«, stellt sie unaufgeregt fest und mein Lachen versteinert auf der Stelle. Was sollte ich darauf antworten? Die Frau hat mich durchschaut. Lügen würden es nur noch schlimmer machen.

»Sie ist ganz süß. Wer weiß, ich bin noch ein paar Tage hier, vielleicht bekomme ich sie in meine Suite«, spiele ich die Emotionen, die mich in Bezug auf Alicia überkommen, herunter. Wobei, gelogen ist es nicht. Ich hoffe tatsächlich, sie ins Bett zu bekommen und gleichzeitig, sie danach wieder so schnell wie möglich zu vergessen.

»Hm.« Demi sieht mich prüfend an und auch Adam scheint mittlerweile aufgefallen zu sein, was seine Frau denkt.

»Du willst doch nicht mehr von ihr, oder?«, fragt er mich schockiert. »Nach allem, was mit deiner Ex passiert ist, halte ich das für eine grottenschlechte Idee.«

Er hat recht. Nach der Trennung von meiner Ex war ich wochenlang ein Häufchen Elend. Sie war die erste Frau, die ich näher an mich herangelassen habe. Nach ihr bin ich nie wieder eine Beziehung eingegangen. Etwas Ähnliches wollte ich einfach nicht mehr erleben. Ich war absolut verschossen in sie und hätte alles getan, um sie glücklich zu machen. Leider wusste sie das und hat mich schamlos ausgenutzt. Als wir uns kennenlernten, hat sie mir vorgespielt, noch nie von mir gehört zu haben. Da hätten meine Alarmglocken eigentlich schon angehen sollen. Immerhin bin ich in New

York doch sehr bekannt, auch wenn ich damals noch nicht so stinkreich war wie heute.

Wie dem auch sei. Ich hatte damals schon gute Kontakte, habe sie auf Partys mitgenommen und mit Kollegen bekannt gemacht. Ein riesengroßer Fehler. Sie hat sich einen alten, reichen Knacker aufgerissen, der sie vom Fleck weg geheiratet hat. Einen Tag vor der Hochzeit hat sie mir das Angebot gemacht, mich weiterhin für Sex mit ihr treffen zu können. Offenbar hat sie da begriffen, dass sie nicht Jahre damit verbringen will, von einem Greis befriedigt zu werden. Keine Frage. Ich habe dankend abgelehnt. Noch nie zuvor bin ich mir derart ausgenutzt vorgekommen. Meine einzige Genugtuung ist, dass der Typ offenbar vorhat, steinalt zu werden, und sie dann doch an einen Ehevertrag gebunden hat, der es ihr untersagt, fremdzugehen. Zumindest, wenn sie irgendwann sein Geld haben will. Wobei mich am meisten gestört hat, dass sie es auch alleine zu etwas hätte bringen können.

»Nicht alle Frauen sind so«, mahnt Demi ihren Mann, bevor ich antworten kann, und die beiden verfallen in ein Streitgespräch darüber, ob ich mich auf eine Frau einlassen sollte, die ich ausgerechnet auf einer IT-Konferenz kennengelernt habe.

»Du kannst Blake doch nicht ernsthaft raten, nie wieder eine Beziehung einzugehen, nur weil er einmal enttäuscht wurde. Dann hättest du mich auch nicht heiraten dürfen«, bringt Demi schließlich das Totschlagargument hervor, dem Adam nur schwer widersprechen kann. Damit es nicht doch noch zu einem Streit zwischen den beiden kommt, mische ich mich ein.

»Darf ich euch daran erinnern, dass ich nur ein paar Tage lang hier bin? Danach fliege ich zurück nach New York und die Sache ist ohnehin erledigt.«

Dem Paar dürfte gerade erst wieder bewusst geworden sein, dass sie nicht alleine sind. Verlegen sehen sie mich mit großen Augen an.

»Du hast recht, Kumpel. Dann schnapp sie dir und leg sie flach.« Adam schlägt mir zur Bestätigung auf die Schulter und lacht dreckig auf. Doch ein mahnender Blick seiner Ehefrau genügt, um den ehemaligen Frauenaufreißer zum Verstummen zu bringen.

»Ähm. Ich meine, hab ein bisschen Spaß mit ihr?«, sieht er Demi entschuldigend an, die den Kopf schüttelt und zumindest ein kleines Grinsen zeigt.

»Männer.«

9

ALICIA

»Rosie, aufwachen.« Seit geschlagenen zehn Minuten versuche ich, meine Zimmergenossin aus dem Bett zu bekommen. War ich zunächst noch sanft und habe ihr leise zugeflüstert, schreie ich mittlerweile fast und rüttle an ihrem Arm. Eins muss man ihr lassen. Sie hat einen wirklich tiefen Schlaf. Als ich schon mit dem Gedanken spiele, ihr ein Glas kaltes Wasser über den Kopf zu schütten, um sie endlich wach zu kriegen, schlägt sie mit ihrer Hand gegen mich.

»Lass mich doch. Ich bin müde«, murmelt sie vor sich hin und tastet nach ihrem Deckenzipfel. Bevor sie ihn findet, schnappe ich mir selbst die Decke und ziehe sie ihr einfach weg. »Hey, spinnst du?« So schnell kann ich gar nicht schauen, sitzt Rosie aufrecht in ihrem Bett und keift mich an. Na ja, immerhin ist sie jetzt munter.

»Wir müssen uns beeilen. In einer halben Stunde fängt der Vortrag an, zu dem wir wollten.«

»Kein Vortrag dieser Welt kann wichtiger sein als mein Schlaf«, erwidert sie, aber wir wissen beide, dass sie es nicht so meint. Rosie ist einfach ein Morgenmuffel. Selbst wenn ihr Morgen erst um zehn Uhr beginnt.

»Wie kannst du nur so lange schlafen? Wir waren gestern noch nicht einmal aus.«

»Ich muss mich von den Strapazen der Konferenz erholen«, antwortet sie mit belegter Stimme.

»Was denn für Strapazen?«, frage ich sie verwundert, während Rosie endlich aufsteht und in Richtung Badezimmer geht.

»Na hör mal. Immerhin habe ich dir die Nummer des begehrtesten Sprechers des Tages besorgt«, antwortet sie gespielt empört. »Hat Mr. Sutton sich eigentlich schon bei dir gemeldet?« Die Neugierde steht ihr ins Gesicht geschrieben, auch wenn sie versucht, es zu verbergen, indem sie sich über seinen Status lustig macht.

Nein, das hat er nicht. Auch nicht, als ich zum zehnten Mal an diesem noch jungen Morgen mein Handy überprüft habe. Es sind zwar erst fünfzehn Stunden und vierunddreißig Minuten vergangen, seit Blake meinen Berechnungen zufolge Louis um meine Telefonnummer gebeten haben muss, doch trotzdem bin ich schon jetzt nervös wie ein Schulmädchen, das auf den Klassenschwarm wartet. Ich ärgere mich über mich selbst. Ein Mann sollte nicht eine solche Wirkung auf mich haben. Aus dem Alter bin ich längst raus. Ich wende den Blick von Rosie ab und beschäftige meine Hände, indem ich meine Decke noch einmal aufschüttle, obwohl ich das Bett längst gemacht habe.

»Du glaubst doch nicht wirklich, dass Blake Sutton mich anrufen wird? Wahrscheinlich hat er sich schon längst eine andere Schönheit ins Bett geholt und mich vergessen.« Oh, ich hoffe, ich habe nicht recht. Alleine bei der Vorstellung, wie er sich mit einer anderen Frau amüsiert, zieht sich meine Brust zusammen. Ich schüttle mich in dem Versuch, das klamme Gefühl der Eifersucht dadurch loszuwerden. Was ist nur in mich gefahren? Ich habe keine drei Sätze mit dem Typen gewechselt. Wieso also geht mir der Gedanke an ihn so unter die Haut?

Noch immer mit meinem Bettzeug beschäftigt, spüre ich Rosies Hand auf einmal auf meinem Arm. Sie dreht mich zu sich herum, hält mich an beiden Oberarmen fest und sieht mir direkt in die Augen.

»Alicia Knight. Du bist eine kluge, attraktive Frau und du stehst diesem Sutton in nichts nach. Er kann froh sein, wenn du abhebst, sollte er sich melden.«

Sie sagt das in einem solch ernsten Tonfall, dass ich nicht anders kann, als in Lachen auszubrechen. »Danke, Rosie. Lieb von dir.«

»Das ist nicht lieb, das ist die Wahrheit. Und

jetzt geh ich ins Bad. Nach dieser Vorlesung reißen wir uns zwei Typen auf.«

Ehe ich darauf reagieren und sie darauf aufmerksam machen kann, dass es vormittags schwierig werden könnte, jemanden aufzureißen, hat sie sich schon umgedreht und ist im Badezimmer verschwunden.

Rosie dürfte es ernst gemeint haben. Sie kommt nämlich mit einem dunklen Lidschatten und roten Lippen zurück ins Zimmer. Leider hat sie für das Make-up so lange gebraucht, dass wir jetzt spät dran sind. Dabei habe ich sie extra zeitig geweckt. Immerhin kenne ich sie schon eine Zeit lang und weiß genau, wie gut sie im Trödeln ist. Wenigstens wohnen wir auf dem Campus und haben es nicht allzu weit, um zum Hörsaal zu kommen. Die kurze Strecke bringen wir im Laufschritt hinter uns und kommen dadurch zwar atemlos, aber wenigstens rechtzeitig an.

»Wieso sind denn hier heute nur aufgetakelte Tussis?«, fragt mich Rosie nicht gerade leise und ich sehe sie grinsend an.

»Du meinst, Frauen, die sich für ihr Äußeres heute genauso viel Zeit genommen haben wie du?« Für diesen Spruch bekomme ich ihren Ellbogen gegen die Rippen gestoßen. »Hey, ich hab doch recht«, gebe ich noch eins drauf und weiche vorsichtshalber einen Schritt zurück.

Doch Rosie versucht nicht noch einmal, mich zu

erwischen. Stattdessen zeigt sie in Richtung Pult, wo sich der Vortragende bereits befindet. »Jetzt ist mir einiges klar«, sagt sie und schnalzt mit der Zunge. »Mr. Sutton ist wohl ein kleiner Frauenheld.«

Als ich sehe, wer den heutigen Vortrag hält, ändert sich meine Meinung über die vielen Studentinnen, die tatsächlich zurechtgemachter sind als bei einer Vorlesung üblich. Kurz bereue ich es, mir nur schnell einen Pferdeschwanz gebunden und ganz ohne Make-up das Haus verlassen zu haben. Doch schon im nächsten Moment straffe ich die Schultern und belehre mich eines Besseren. Er ist auch nur ein Vortragender wie alle anderen. Auch wenn die Studentinnen um uns herum tuscheln und wohl bereits Wetten abschließen, wer ihn diese Nacht rumkriegen wird.

Ich suche zwei Plätze in einer der hinteren Reihen und lotse Rosie dorthin. Sollen sich doch die anderen darum prügeln, möglichst nah bei ihm sitzen zu dürfen. Für mich zählt nur, was er uns zu erzählen hat. Genau. Ich schenke seinem atemberaubenden Aussehen und dem Lächeln, das meine Knie schon wieder weich werden lässt, keine Beachtung und konzentriere mich auf den Inhalt. Wenn mir seine Stimme nur keine Gänsehaut bescheren würde, wäre das wesentlich einfacher.

10

BLAKE

Mein Job geht mir über alles. Selbst meine Ex hat es nicht geschafft, mich länger von meiner Firma fernzuhalten und mich ausschließlich ihr zu widmen. Vielleicht war das mit ein Grund, weshalb sie sich den alten Knacker aufgerissen hat, anstatt ihr Leben mit mir zu verbringen. Damals hat mich ihre Aktion tief getroffen und ich bin privat tatsächlich in ein tiefes Loch gefallen. Um das zu kompensieren, habe ich mich nur noch mehr in die Arbeit gestürzt und war nach einigen Wochen, in denen ich mitunter sogar im Büro übernachtete, völlig am Limit.

Es war Adam, dem mein Anblick irgendwann zu viel wurde und der mich von einer Party zur nächsten schleifte, damit ich auf andere Gedanken komme. Zunächst haben die Frauen, die ich dort aufgerissen habe, nicht wirklich etwas an meiner

Stimmung ändern können. Wenigstens nicht langfristig. Nachdem ich meinen Spaß mit ihnen hatte, bin ich wieder vorm Computer gelandet. Aber irgendwann wurde es besser. Ich habe gelernt, meinen Job mit privaten Aktivitäten zu verbinden und auch mal loszulassen. Stellt man mich allerdings vor die Wahl, werde ich mich immer für meine berufliche Karriere entscheiden.

Zumindest dachte ich das, bis ich Alicia in den Hörsaal kommen sehe und für einen kurzen Moment doch tatsächlich der Drang in mir hoch kommt, sie zu schnappen und die Veranstaltung zu schwänzen. Anders als ihre Kommilitoninnen wählt sie einen Platz in den hinteren Reihen. Selbstverständlich stürme ich nicht sofort zu ihr, sondern gebe mich gelassen und fange mit meinem Vortrag an, als alle Studenten, die größtenteils weiblich sind, sich gesetzt haben.

Während die anderen Frauen im Raum förmlich an meinen Lippen kleben und mit ihren Wimpern klimpern, sobald ich ihnen einen Blick zuwerfe, wirkt Alicia geradezu darum bemüht, mich nicht anzusehen. Einerseits belustigt mich ihr Verhalten, andererseits macht es mich rasend. Ich durchschaue sie einfach nicht. Bei unserem Gespräch an der Bar ist sie rot angelaufen, weil ich ihre Hand eine Spur zu lange gehalten habe, und jetzt zeigt sie mir die kalte Schulter. Bisher hatte ich nur mit Frauen zu tun, die mehr als offensichtlich ihr Interesse gezeigt und förmlich darum gebettelt haben, sie mit in mein Bett zu nehmen. Wahrscheinlich ist das auch der Grund, weshalb ich derart auf sie reagiere.

Ich rattere meinen Vortrag runter, den ich mittlerweile im Schlaf aufsagen kann, aber der Gedanke an Alicia will mich einfach nicht loslassen. Diese Frau hat mich in ihren Bann gezogen und das ist nicht gut. Ganz und gar nicht. Deshalb beschließe ich, sofort aktiv zu werden und etwas dagegen zu unternehmen. Bestimmt flaut mein Interesse an ihr wieder ab, sobald ich sie doch dazu bekommen habe, das Bett für ein paar Stunden mit mir zu teilen. Genau. Ich schleppe die Kleine einfach ab und damit hat sich die Sache. Mit diesem Entschluss kann ich mich endlich auf meine Aufgabe konzentrieren und gebe den charmanten Professor, den sich die Damen in den ersten Reihen wünschen.

Doch als ich fertig bin, entlasse ich die Studenten ohne der üblichen Fragerunde. Ich möchte nicht riskieren, Alicia schon wieder entwischen zu lassen. Zwar habe ich mir ihre Nummer von Louis besorgt, doch eine Konfrontation von Angesicht zu Angesicht kommt mir in diesem Fall als die bessere Wahl vor.

Während sie noch ihre Schreibutensilien im Rucksack verstaut, stehe ich bereits neben ihr und habe mein charmantestes Lächeln aufgesetzt.

»Hi Alicia«, begrüße ich sie, was sie aufschrecken lässt. Offenbar hat sie nicht bemerkt, dass ich zu ihr hoch gekommen bin. Von ihrer Freundin kassiere ich einen bösen Blick. Vermutlich ist sie eifersüchtig, was ich ihr nicht verübeln kann. Immerhin war sie es, die mich an der Bar angesprochen hat. Aber das müssen die Freundinnen unter sich ausmachen.

»Blake, hi. Toller Vortrag. Wieder einmal«, bringt Alicia mit belegter Stimme hervor und lächelt mich schüchtern an.

»Danke. Was hältst du davon, wenn wir uns bei einer Tasse Kaffee eingehender über das Thema unterhalten?«, schlage ich vor, da sie mir erzählt hat, das wäre ihr Kerngebiet. Ich gehe davon aus, dass sie dieses Angebot nicht gerne ausschlagen wird. Außerdem hat sie so eine gute Erklärung für ihre Freundin, weshalb sie sich auf das Date mit mir einlässt, ohne erst um deren Erlaubnis fragen zu müssen.

»Das, ähm …«, stottert sie und wirft Rosie, wie erwartet, einen fragenden Blick zu. Ich hingegen lasse meine Augen weiterhin entspannt auf Alicias hübschem Gesicht ruhen. Wenn Rosie ihr diese Gelegenheit tatsächlich verdirbt, ist es um ihre Freundschaft nicht sonderlich gut bestellt.

Es dauert nur einen kurzen Moment, bis das Objekt meiner Begierde antwortet.

»Ja, gerne.«

Ein triumphierendes Grinsen breitet sich in meinem Gesicht aus. Dann ist es nur noch eine Frage der Zeit, bis die Kleine in meinem Bett landen wird. Ich bin mir aber durchaus bewusst darüber, es bei ihr langsamer angehen lassen zu müssen. Alicia ist so offensichtlich kein Mädchen für eine Nacht, dass wohl mehr als nur ein nettes Gespräch nötig sein wird, um sie zu verführen. Mein Jagdinstinkt ist geweckt.

11

ALICIA

Als ich mit Blake den Hörsaal verlasse, sind alle Augen auf uns gerichtet. Die Frauen im Raum werfen mir giftige Blicke zu.

»Was will er denn ausgerechnet von der?«, höre ich eine Kommilitonin ihre Sitznachbarin fragen und ich fühle mich auf der Stelle noch unwohler als ohnehin schon. Vor allem, weil ich mir insgeheim die gleiche Frage stelle. Ich empfinde mich selbst zwar nicht als unattraktiv, habe auch eine ganz gute Figur, aber unter all den zurechtgemachten Frauen fühle ich mich auf einmal ohne Make-up irgendwie nackt. Ja, wahrscheinlich ist es das. Auch ich schminke mich hin und wieder. Nur eben nicht für die Uni. Und wenn ich Concealer, Mascara, Rouge, Lidschatten und vielleicht noch einen Lippenstift auftrage, ist das irgendwie ein Schub für das Selbstbewusstsein. Dabei ist das natürlich lächerlich. Wir

Frauen sollten stolz auf unser Aussehen sein, ohne eventuelle Makel unter einer Schicht Kosmetika verstecken zu wollen. Keine Ahnung, weshalb ich manchmal noch immer derart unsicher bin.

In der Schule wurde ich oft gehänselt, weil ich in den Augen meiner Klassenkameraden eine Streberin war. Noch dazu leider die einzige unter dreißig Schülern. Ich hatte also nicht einmal Verbündete. Also, außer Rosie, die zum Glück immer hinter mir stand und den anderen ordentlich die Meinung gegeigt hat, wenn sie wieder über mich herzogen. Mit Brille und Zahnspange entsprach ich genau dem Klischee. Nicht nur einmal kam ich weinend nach Hause und habe mich in meinem Zimmer verkrochen. Da ich nichts Besseres anzufangen wusste, habe ich in dieser Zeit noch mehr gelernt.

Erst als ich meinen Abschluss sogar mit Auszeichnung gemacht und ein Stipendium an der Stanford Universität bekommen habe, verbesserte sich nach und nach meine Gefühlslage. Von der einzigen Streberin wurde ich zu einer unter vielen. Von denjenigen, die mich in der Schule gehänselt hatten, fehlte hier jede Spur. Sie konnten froh sein, wenn sie irgendeinen miesen Job ergatterten. Als ich dann auch noch von meiner Zahnspange befreit wurde und von Brille auf Kontaktlinsen umgestiegen bin, wurde aus dem hässlichen Entlein vielleicht nicht unbedingt ein stolzer Schwan, aber immerhin eine ganz ansehnliche junge Frau. Eine, die sich zwar ebenfalls manchmal noch eine Maske aus Make-up ins Gesicht schmiert, aber weitaus selbstbewusster ist als das Mädchen, das ich früher war. Immerhin bin ich mir mittlerweile sehr wohl bewusst, was ich bereits erreicht habe. Denn Aussehen ist nicht alles. Vielleicht interessiere ich mich nicht so sehr für Mode und all den Kram, wie die meisten anderen Studentinnen. Aber immerhin habe ich bald einen Doktortitel in der Tasche und das in kürzerer Zeit als vorgesehen.

Weshalb es mich also gerade jetzt so sehr stört, nach meinem natürlichen Aussehen beurteilt zu werden, nur weil Blake neben mir hergeht, weiß ich nicht recht. Aber auch er dürfte meine Unsicherheit spüren. Zumindest glaube ich das, denn er greift plötzlich nach meiner Hand. Bei der Berührung fährt ein Blitz durch meinen Körper und ich schaue ihn erschrocken an. Doch er geht einfach weiter, als wäre nichts gewesen und sieht stur geradeaus. Erst als wir vor einem kleinen Café in der Nähe des Campus ankommen, bleibt er stehen und sieht mich an. Zu meinem Bedauern lässt er dabei meine Hand los, was sich sofort anfühlt, als würde irgendetwas fehlen.

»Ich weiß, das hier ist nichts Besonderes«, beginnt Blake sich zu erklären und deutet auf das Lokal neben uns. »Aber ich war früher immer gerne hier, als ich selbst noch studiert habe, und die

Pancakes sind einfach unschlagbar.« Jetzt grinst er mich an, als müsse er mich noch weiter überzeugen. Dabei handelt es sich auch um mein Stammcafé hier in der Gegend. Doch das verrate ich ihm nicht. Stattdessen stimme ich ihm mit einem Nicken zu. Irgendwie bin ich in seiner Gegenwart gehemmt, was ich von mir in dieser Art gar nicht kenne. Wahrscheinlich hängt mir der Vorfall von dem Kongress noch immer nach und bevor ich wieder irgendeinen Blödsinn rede, der mich ins nächste Fettnäpfchen treten lässt, lasse ich es lieber gleich sein. Oder aber es sind sein selbstbewusstes Auftreten, diese Lässigkeit, die man einem Computernerd gar nicht zutrauen würde, und diese Augen, die mich jeden sinnvollen Gedanken vergessen lassen, sobald ich in sie blicke.

Blake hält mir die Tür auf und ich versuche, die Bewunderung für ihn ein wenig im Zaum zu halten, während ich das Café betrete. Er ist schließlich auch nur ein Mann. Ein unglaublich attraktives, reiches und noch dazu intelligentes Exemplar, aber noch lange kein Halbgott, in dessen Gegenwart ich das Denken einstellen muss. Wir finden einen Tisch in einer kleinen Nische, die etwas Privatsphäre bietet. Als ich mich Blake gegenübersetze, fasse ich den Entschluss, ihn einfach nur als interessante Persönlichkeit zu sehen, die er schließlich auch ist und die Chance zu ergreifen, mich mit ihm über mein Lieblingsthema zu unterhalten. Dafür muss ich mich zwar ein bisschen am Riemen reißen und aufhören, ihn ständig so anzustarren, aber das sollte ich hinbekommen.

»Wir nehmen bitte zweimal die Pancakes und dazu zwei Milchshakes mit Erdbeergeschmack«, bestellt Blake bei der Kellnerin, die so schnell bei uns am Tisch war, dass ich noch gar nicht die Möglichkeit hatte, mir zu überlegen, was ich gerne hätte. Was auch nicht mehr notwendig ist, nachdem Blake für uns beide bestellt hat. Als wir wieder alleine sind, richtet er seine Aufmerksamkeit auf mich.

»Es ist doch in Ordnung, dass ich für uns beide bestellt habe, oder hättest du lieber etwas anderes gewollt?«, fragt er mich und ich schüttle lächelnd den Kopf.

»Nein, das ist perfekt«, antworte ich ihm, da es sowieso auf diese Bestellung hinausgelaufen wäre. Ich studiere zuerst immer eine Ewigkeit die Speisekarte, nur um dann doch das Gleiche zu bestellen. Pancakes mit Milchshake. Dass Blake offenbar denselben Geschmack zu haben scheint, erstaunt mich gleichermaßen, wie es mich freut. Seinem Gesichtsausdruck nach zu urteilen, ist auch er sehr zufrieden über meine Zustimmung.

»Wie kommt es, dass du dich von Professor Hamilton hast überreden lassen, einen Vortrag in Stanford zu halten?«, frage ich ihn, weil wir zwar öfter Gastdozenten haben, aber für gewöhnlich nicht einen der erfolgreichsten Geschäftsmänner unserer Zeit.

»Eigentlich war es Louis, der mich überredet hat, an der IT-Konferenz teilzunehmen. Wir haben gleichzeitig hier studiert. Hamilton ist erst auf mich zugekommen, als er von meiner Zusage erfahren hat, und ich dachte mir, auf eine Stunde mehr oder weniger kommt es auch nicht mehr an.« Seine Augen funkeln spitzbübisch und er schenkt mir ein Lächeln, das die Schmetterlinge in meinem Bauch zum Flattern bringt. »Aber lass uns lieber über dein Studium sprechen. Du hast dich auf künstliche Intelligenz spezialisiert, richtig?«, beeilt er sich hinzuzufügen und ich bin ganz froh über den raschen Einstieg in ein Gesprächsthema, bei dem ich mich auskenne. Immerhin komme ich hier hoffentlich nicht in die Verlegenheit, wieder eine Dummheit zu begehen. Wobei Blake natürlich noch viel mehr darüber weiß als ich.

»Ja, richtig«, krächze ich und muss mich räuspern, um den Frosch im Hals loszuwerden, den ich auf meine Aufregung schiebe. Mit normaler Stimme fahre ich fort. »Ich finde es faszinierend, was in letzter Zeit auf diesem Gebiet alles passiert ist. Lernfähige Software verbunden mit Hardware kann uns in Zukunft das Leben ein ganzes Stück weit verbessern, sofern wir diese Technologie für Gutes einsetzen«, plappere ich drauflos und komme aus dem Schwärmen gar nicht mehr raus. Während ich begeistert erzähle, sieht Blake mich die ganze Zeit über interessiert an und unterbricht mich kein einziges Mal. »Wahrscheinlich brauchen wir in ein paar Jahren nicht mehr nach der Liebe des Lebens zu suchen, weil wir sie uns einfach in Form eines Roboters kaufen können«, mache ich den Scherz, der zwischen Rosie und mir zu einem Running Gag wurde, seit sie von einem Typen, in den sie unsterblich verliebt war, fallen gelassen wurde. Doch gleich nachdem die Worte meinen Mund verlassen haben, wird mir bewusst, was ich da gerade gesagt habe. Und vor wem. Er muss mich für komplett durchgeknallt halten. »Ich meine, natürlich können wir nicht …«, beginne ich mich aus dieser peinlichen Situation zu bringen, doch Blake fällt mir ins Wort und unterbricht damit mein Gestammel.

»Du suchst nach der Liebe des Lebens?«, fragt er ehrlich interessiert, was mich erst recht sprachlos macht. Ich hätte mit vielem gerechnet. Zum Beispiel einer Belehrung darüber, wie künstliche Intelligenz funktioniert. Aber nicht mit dieser Frage.

Bemüht darum, mir mein Erstaunen nicht anmerken zu lassen, zucke ich mit den Schultern. »Nicht aktiv. Aber wer wünscht sich nicht, den einen Menschen zu finden, der für einen bestimmt ist? Jemanden, der dich wortlos versteht. Der alles für dich tun würde. Und umgekehrt.«

Ich merke, wie sich Blake mit jedem Wort, das ich sage, mehr und mehr verschließt. Seine Miene wird unergründlich. Das Lächeln ist aus seinem Gesicht verschwunden. Sofort bereue ich noch mehr, mit diesem schwachsinnigen Thema angefangen zu haben. »Aber wir sind schließlich noch jung. Wir haben alle Zeit der Welt, zuerst an die Falschen zu geraten«, sage ich darum bemüht, die Stimmung wieder aufzulockern. Tatsächlich gibt Blake ein kehliges Lachen von sich, doch es erreicht seine Augen nicht. Wie kann ich auch vor diesem Playboy von der wahren Liebe faseln? Wenn es stimmt, was in den Medien berichtet wird, schleppt er jeden Tag eine andere ab. Ich glaube kaum, dass er das macht, um schnellstmöglich die eine Richtige unter den tausend Falschen zu finden.

»Du hast recht. Wahrscheinlich ist es einfacher, einen derartigen Roboter zu programmieren, als diesen einen Menschen zu finden«, sagt Blake noch immer mit diesem aufgesetzten Lächeln, wechselt dann aber zum Glück wieder das Thema, indem er mich nach meiner Abschlussarbeit fragt.

»Dafür kombiniere ich Medizin und künstliche Intelligenz. Auf dem Bereich tut sich gerade einiges, wie du bestimmt weißt. Krankheiten sollen künftig über den Atem mittels spezieller Technologien erkannt werden. Da ich nicht Medizin studiert habe, ist das eine große Herausforderung für mich, aber ich arbeite eng mit diesem Studienzweig zusammen«, fange ich an zu erklären und komme nicht darum herum, zu bemerken, wie sich Blakes gesamte Haltung ändert. Hat ihm unser voriges Gespräch noch ziemlich zugesetzt, wirkt er jetzt komplett anders. Wobei ich noch nicht ganz einordnen kann, was gerade alles in ihm vorgeht. Jedenfalls scheine ich damit sein Interesse geweckt zu haben. Begeistert vertieft er das Thema, erzählt mir, woran seine Firma gerade arbeitet, und kommt nicht noch einmal auf meinen Fauxpas mit der wahren Liebe zu sprechen.

Obwohl ich unsere Unterhaltung äußerst spannend finde, bin ich doch immer wieder abgelenkt, sobald Blake spricht. Ich kann meine Augen einfach nicht von seinen wohlgeformten Lippen lassen. Als wir uns schließlich eine Stunde später verabschieden, da ich in die nächste Vorlesung muss, erwarte ich fast, von ihm geküsst zu werden. Die Schmetterlinge in meinem Bauch flattern noch aufgeregter als ohnehin schon. Doch Blake ist der perfekte Gentleman, schüttelt mir vollkommen unschuldig die Hand, schenkt mir noch einmal ein umwerfendes Lächeln, bevor er verschwindet und mich in einem Gefühlschaos zurücklässt, das ich so von mir nicht kenne.

12

ALICIA

Meine Nacht war kurz. Was leider nicht an dem Treffen mit Blake liegt. Oder doch. In gewisser Weise. Ich habe nämlich kaum ein Auge zugemacht, weil ich immer wieder an ihn und unseren gestrigen Ausflug ins Kaffeehaus denken musste. Der Typ ist blitzgescheit, mindestens genauso ein Computernerd wie ich und noch dazu derart attraktiv, dass mich jede Frau in dem Lokal beneidet hat. Dabei sind es nicht nur seine wie Smaragde funkelnden Augen, sondern auch sein muskulöser Körper, die sich sehen lassen können. Ich hoffe sehr, dass es ihm nicht aufgefallen ist, wie schwer ich mir dabei tat, mich auf unser Gespräch zu konzentrieren. Aber diese einladenden Lippen ...

Als ich ins Badezimmer gehe, um mich für den Tag bereit zu machen, greife ich wie automatisch nach einem Concealer, um meine Augenringe abzudecken, die ich der schlaflosen Nacht zu verdanken habe. Danach trage ich noch etwas Mascara, Rouge und ein Lipgloss auf. Erst als ich das Ergebnis im Spiegel betrachte, wird mir bewusst, weshalb ich das getan habe. Normalerweise schüttle ich den Kopf über die Studentinnen, die sich für die Uni auftakeln und nun bin ich nicht besser. Und das nur, weil sich ein attraktiver Kerl auf dem Campus herumtreibt. Na gut, nicht nur. Immerhin habe ich mich gestern ganz schön unwohl gefühlt unter den bösen Blicken und scharfen Bemerkungen meiner Kommilitoninnen. Außerdem weiß ich nicht einmal, ob Blake noch immer in der Stadt ist. Ich könnte mir selbst in den Hintern beißen, da ich vergessen habe, ihn danach zu fragen. Vielleicht war die gestrige Verabredung meine einzige und leider auch letzte Chance, Zeit mit ihm zu verbringen. In dem Fall wäre es wirklich ärgerlich, mir keinen Ruck gegeben und ihn einfach geküsst zu haben. Ich bin zwar keine Frau für eine Nacht, aber gegen einen kleinen Kuss ist nichts einzuwenden. Ach, wem will ich hier eigentlich etwas vormachen? Natürlich würde ich es bereuen, wenn ich mich derart auf einen Mann einlasse, der außerhalb meiner Reichweite ist. Und zwar tatsächlich, wenn man die Entfernung unserer beiden Wohnorte bedenkt.

Ich muss aufhören, darüber nachzudenken.

Wahrscheinlich ist er längst über alle Berge und ich sehe Blake Sutton nie wieder. Außer vielleicht auf einer Titelseite, wenn er mal wieder einen Durchbruch erreicht hat. Oder in den Klatschspalten, sobald er die nächste Frau abschleppt. Genau. Ich muss mir vor Augen halten, was für ein Aufreißer dieser Mann ist. Er hat jede Nacht eine andere. Da wird er wohl kaum auf mich gewartet haben. Nein, anders herum. Ich werde nicht auf ihn gewartet haben. So. Denn ich bin sicher nicht sein nächstes Betthäschen.

»Du brauchst diesen Sutton nicht. Es gibt auch andere attraktive und kluge Männer«, sage ich mit entschlossenem Blick zu meinem Spiegelbild, wobei ich mir selbst nicht so recht glaube. Trotzdem halte ich an diesem Vorsatz fest, als ich aus dem Badezimmer gehe, mir meinen Rucksack schnappe und das Appartement verlasse. Im Treppenhaus schüttle ich unwillkürlich den Kopf über all die Gedanken, die ich mir seit gestern über diesen Blake mache. Das ist doch lächerlich. Ich habe mich einmal für eine Stunde mit ihm unterhalten. Nicht mehr und nicht weniger. Vielleicht ist er auch gar nicht so toll, wie es den Anschein macht, und hat irgendeine total bekloppte Macke, die ihn fürchterlich unattraktiv macht. Gerade überlege ich, was das sein könnte, als ich das Wohnhaus verlasse und ein Cabrio vor der Einfahrt entdecke. Der Fahrer ist niemand Geringerer als Blake Sutton.

»Hi Alicia«, begrüßt er mich mit seinem hinreißenden Lächeln. Doch die Gehirnwäsche, die ich mir selbst gerade verpasst habe, scheint Wirkung zu zeigen. Zumindest gelingt es mir, die Schmetterlinge, die in dem Moment in meinem Bauch zu flattern begonnen haben, als ich ihn gesehen habe, zu ignorieren.

»Hi Blake«, antworte ich mit ernster Miene und will mich schon aufmachen, an seinem Wagen vorbeizugehen.

»Warte bitte«, ruft er mir nach, springt förmlich aus der Fahrerkabine zu mir auf den Gehsteig und hält mich am Arm fest. Ich wünschte, diese unschuldige Berührung würde sich nicht derart deutlich in meinem Unterleib bemerkbar machen. So gelassen wie möglich drehe ich mich zu ihm um und sehe ihn fragend an.

Der Blick, den er mir schenkt, wirkt wie der eines schüchternen Schuljungen und ich muss mich unwillkürlich fragen, ob das seine Masche ist und die Frauen wirklich darauf reinfallen. An mangelndem Selbstbewusstsein wird Blake Sutton bestimmt nicht leiden.

»Hast du heute Zeit? Ich dachte, wir könnten den Tag zusammen verbringen«, sagt er plötzlich und ich glaube, mich verhört zu haben. Weshalb, um alles in der Welt, sollte dieser erfolgreiche Mann, der wirklich jede haben könnte, so viel Zeit mit mir, einer unscheinbaren Studentin, verbringen wollen?

»Ich muss jetzt zu einer Vorlesung«, antworte ich tatsächlich bedauernd. Ich hätte wirklich gerne herausgefunden, was er den ganzen Tag lang mit mir hätte unternehmen wollen. Er kann schließlich nicht davon ausgehen, dass ich nach einem Milchshake und ein paar Pfannkuchen gleich mit ihm in die Kiste hüpfe und ihm damit die Zeit bis zu seiner Abreise versüße. Auch, wenn die Pfannkuchen wirklich gut waren.

»Und danach? Ich habe den ganzen Tag Zeit«, hakt er nach.

»Danach habe ich die nächste Vorlesung. Tut mir wirklich leid, Blake, aber mein heutiger Tag ist komplett zu.« Wahrscheinlich ist es auch besser so. Wenn ich schon nach einem kurzen Treffen derart aufgelöst bin, möchte ich nicht wissen, wie es mir nach acht gemeinsamen Stunden geht.

»Und morgen?«, fragt er doch tatsächlich. Eines muss man ihm lassen, er ist hartnäckig. »Komm schon, Alicia. Ich fand unsere gestrige Unterhaltung sehr erfrischend und würde sie einfach gerne fortsetzen«, setzt er mit einem Lächeln, das die Schmetterlinge in meinem Bauch wieder aufgeregt flattern lässt, sodass ich sie einfach nicht mehr ignorieren kann, hinzu.

»Also gut«, gebe ich dem Flattern in meinem Bauch und seiner Bitte schließlich nach und schmeiße damit alle meine guten Vorsätze diesen Mann betreffend über Bord. Lange hat meine Gehirnwäsche nicht angehalten. »Morgen habe ich frei. Wir können uns also gerne treffen.«

»Toll. Dann hole ich dich um acht Uhr ab. Oder ist dir das zu früh?«

Überrascht hebe ich meine Augenbrauen in die Höhe. Was will er um diese Uhrzeit denn unternehmen?

»Wir können auch neun machen, wenn dir das lieber ist«, bietet er an und deutet meinen Gesichtsausdruck damit vollkommen falsch.

»Nein. Schon gut. Acht Uhr geht in Ordnung«, erwidere ich mit einem Lächeln, weil ich einfach nicht anders kann, als mich schon jetzt darauf zu freuen, ihn wiederzusehen, obwohl er gerade noch vor mir steht. Vielleicht, aber wirklich nur vielleicht bringe ich dann doch noch in Erfahrung, wie sich diese wundervollen Lippen auf meinen anfühlen.

Als mir bewusst wird, was ich da gerade denke und noch dazu schon wieder auf Blakes Mund starre, spüre ich die Röte in mein Gesicht steigen. Doch er merkt davon entweder nichts oder ist so nett, darüber hinwegzusehen und es nicht zu kommentieren.

»Dann ist das abgemacht. Ich bin morgen um acht hier«, grinst er mich an, bevor er zurück zu seinem Auto geht und mit einem Winken davonfährt.

13

ALICIA

Im Laufe des Tages kamen mir immer mehr Zweifel, ob es wirklich das Richtige ist, mich morgen mit Blake zu treffen. Ich kann mich doch jetzt schon kaum darauf konzentrieren, was die Professoren uns vermitteln wollen. Bei meinem heutigen Treffen mit den Medizinstudenten, die gemeinsam mit mir an der Lösung einer künstlichen Intelligenz arbeiten, die Krankheiten erkennen kann, war ich auch nicht bei der Sache. Immer wieder schweiften meine Gedanken zu Blake, seinen Lippen und seinen Händen ab. Also entweder sage ich die Verabredung ab oder ich bringe es gleich zu Beginn hinter mich und küsse diesen Mann in der Hoffnung, er sabbert dabei fürchterlich. Dann hätte ich zumindest endlich wieder Ruhe und könnte mich auf die wirklich wichtigen Dinge konzentrieren.

»Ms. Knight, können Sie mir meine Frage beantworten?« Die Stimme des Professors unterbricht meine Gedanken und ich ertappe mich dabei, schon wieder abgelenkt gewesen zu sein. Natürlich habe ich keine Ahnung, was er von mir will. So was ist mir, der Streberin, zuvor noch nie passiert.

»Ähm ...«, erwidere ich wenig eloquent, um ein bisschen Zeit zu gewinnen. Professor Hamilton sieht mich herausfordernd an und mir bricht der Schweiß aus. Natürlich vermassle ich mir meinen Abschluss nicht gleich aufgrund einer einmaligen Unaufmerksamkeit, aber trotzdem möchte ich nicht in Verlegenheit kommen, zugeben zu müssen, nicht aufgepasst zu haben. Immerhin ist Hamilton derjenige, der auch den Vorstand bei meiner Abschlussprüfung haben wird. Da sollte er mir gegenüber lieber positiv eingestellt sein. »Also ...«, versuche ich einen erneuten Anlauf und bin mir dabei sehr wohl bewusst, dass ich so nicht ewig weitermachen kann. Doch zu meiner Erleichterung ertönt genau in diesem Moment das Signal, das das Ende der Vorlesung einläutet. Als wäre es das Natürlichste der Welt, jemanden mitten im Satz zu unterbrechen, packen meine Kommilitonen ihre Unterlagen ein und der Geräuschpegel im Saal steigt. Professor Hamilton wirft mir noch einen prüfenden Blick zu, scheint dann aber zu resignieren.

»Ich wünsche Ihnen auch einen schönen Abend, meine Damen und Herren«, wirft er in die

Runde, bevor er selbst seine Tasche einräumt und den Raum verlässt.

»Da bist du noch mal davongekommen«, wirft mir ein Student aus der Reihe vor mir grinsend entgegen und ich antworte mit einem gequälten Lächeln, bevor auch ich meine Utensilien in den Rucksack stopfe und mich auf den Weg mache. Zum Glück war das meine letzte Vorlesung des Tages und ich bin wirklich froh darüber, auf dem Campus zu wohnen. Nicht auszudenken, wie es mir heute im Straßenverkehr ginge. Bei meiner Zerstreutheit würde ich vermutlich noch einen Unfall bauen. Vielleicht sollte ich mit Rosie ausgehen, um auf andere Gedanken zu kommen. Sie würde sich bestimmt darüber freuen.

Bevor ich es mir anders überlegen kann, krame ich im Rucksack nach meinem Handy und knalle im Moment der Unachtsamkeit hart gegen jemanden. Noch bevor ich meinen Blick auf die Person richten kann, erkenne ich sie an der Stimme.

»Die erste Umarmung hatte ich mir etwas schmerzfreier vorgestellt.« Blake reibt sich mit gespielt schmerzverzerrtem Gesicht über seinen Oberarm.

»Witzbold. An der Stelle kann ich dich noch nicht mal getroffen haben«, gebe ich betont cool zurück, aber mein Gesicht verrät mich bestimmt. Ich spüre ganz genau, wie es schon wieder heiß wird und bestimmt aussieht wie eine erntereife

Tomate. Keine Ahnung, was da los ist, wenn ich in der Gegenwart dieses Mannes bin. »Was machst du überhaupt hier?«, frage ich ihn, als ich bemerke, dass wir uns bereits vor meinem Wohnhaus befinden. Rosie jetzt noch anzurufen, anstatt sie einfach zu fragen, sobald ich die zwei Stockwerke zu unserer Wohnung hinter mich gebracht habe, wäre auch leicht sinnlos gewesen.

»Ich wollte dich sehen«, erwidert Blake und überrascht mich schon wieder mit seiner Direktheit. Die Schmetterlinge in meinem Bauch fliegen Loopings vor Freude.

»Sind wir nicht für morgen verabredet?«, frage ich ihn trotzdem misstrauisch. Mir kommt das alles sehr merkwürdig vor. Irgendwie zu schön, um wahr zu sein. Da steckt doch bestimmt mehr dahinter, versuche ich die blöden Viecher zu beruhigen.

»Ja, aber was spricht schon dagegen, sich öfter zu sehen?«, fragt er mich mit diesem unwiderstehlichen Lächeln im Gesicht und alle meine Bedenken sind sofort wieder vergessen. So viel dazu, wer hier in meinem Körper das Kommando hat. Ohne eine Antwort abzuwarten, spricht er auch schon weiter. »Ich wollte dich nicht stören, Alicia. Du musst bestimmt hundemüde sein nach so einem langen Tag an der Uni.«

Ist das sein Ernst? Erst gesteht er mir, dass er mich sehen wollte, und bringt damit meinen eigenen Körper gegen mich auf, der sich ganz offensichtlich nach ihm verzehrt, und dann nimmt er auch noch Rücksicht auf meine Befindlichkeiten? Wobei, so wirklich weiß ich nicht, ob das stimmt. Natürlich war der Tag anstrengend, aber es wäre im Traum nicht daran zu denken gewesen, jetzt schlafen zu gehen. Nicht mit all den Gedanken in meinem Kopf, die sich um die Person drehen, die gerade vor mir steht. Mit seinem Auftauchen hier hat er das nicht gerade besser gemacht. Ganz im Gegenteil. Ich werde wie magisch von ihm angezogen. Am liebsten würde ich ihn sofort nach oben in mein Zimmer schleifen und über ihn herfallen.

Da kommt mir ein Gedanke. Vielleicht ist genau das die Lösung. Genau. Kein Mensch kann so perfekt sein. Auch Blake Sutton nicht. Wahrscheinlich wechselt er nur deshalb so oft die Frauen wie andere ihre Unterwäsche, weil er einfach grottenschlecht im Bett ist. Ich lasse meinen Blick über seinen Körper schweifen und zweifle sehr an meiner Theorie. Aber wie auch in meinem Studium kann man etwas erst dann wissen, wenn man es ausprobiert hat. Wobei ich mich zuerst vielleicht doch eher auf einen Kuss konzentrieren sollte. Wer weiß, vielleicht ist der schon so schlecht, dass ich gar nicht erst weitergehen muss.

Angefeuert von meinen eigenen Hormonen, mache ich einen Schritt auf Blake zu, dessen Gesichtsausdruck überrascht über die plötzliche Nähe aussieht. Bevor ich es mir noch anders überlegen kann, nehme ich all meinen Mut zusammen, schlinge meine Hände um seinen Nacken und drücke meine Lippen zaghaft auf seine. Ich nehme seinen männlichen Duft wahr, der für ein leichtes Ziehen in meinem Unterleib sorgt. Nach einem kurzen Zögern erwidert Blake den Kuss und drückt mich mit seinen Händen auf meinem unteren Rücken noch enger an sich. Die sanfte Berührung wird nach und nach leidenschaftlicher und auch unsere Zungen gehen auf Forschungsreise. Ich bin mir sicher, in kürzester Zeit nur durch diese Liebkosungen zum Höhepunkt kommen zu können. Nicht vorzustellen, was dieser Mann in mir noch alles auslösen könnte, wenn wir erst alleine in einem geschlossenen Raum wären. Ohne Kleidung am Körper.

Ich weiß nicht, wie viel Zeit vergangen ist, als Blake sich schließlich von mir löst. Atemlos öffne ich langsam die Augen. Meine Lippen vermissen die seinen bereits. Meine Haut fühlt sich kalt an, jetzt, da seine Hände sie nicht mehr wärmen.

»Verdammt«, stoße ich hervor und kann nicht glauben, was da gerade passiert ist. Mein Plan ging ordentlich nach hinten los.

»Wie bitte?«, fragt Blake mich verwundert und erst jetzt realisiere ich, dass ich das gerade laut gesagt habe.

»Ich hatte gehofft, du würdest beim Küssen sabbern oder so«, fährt es aus mir heraus. Kurz nachdem die Worte meinen Mund verlassen haben, bereue ich es bereits und schlage mir die Hand davor. Doch Blake nimmt es recht gelassen und verfällt in schallendes Gelächter.

»Es tut mir wirklich leid, dich enttäuschen zu müssen«, sagt er, nachdem er sich etwas beruhigt hat. »Triffst du dich morgen trotzdem mit mir? Ich meine, wenn es hilft, kann ich beim nächsten Mal auch sabbern«, witzelt er.

Ich tue so, als würde ich über sein Angebot nachdenken, schüttle dann aber den Kopf. »Nein, so ist es mir doch lieber«, sage ich mit einem überglücklichen Strahlen im Gesicht.

»Okay. Aber bevor das hier zu weit geht … Alicia, du weißt, dass ich in zwei Tagen wieder nach New York muss, ja?«

Für einen kurzen Moment fühle ich mich, als hätte mir jemand den Boden unter den Füßen weggezogen. Das Lächeln in meinem Gesicht versteinert. Natürlich. Das war zwar gerade der beste Kuss meines Lebens, aber es ändert rein gar nichts an den Tatsachen. Ich habe dieses Experiment begonnen und verloren. Anstatt Blake endlich aus meinem Kopf zu bekommen, ist mein Verlangen nach ihm nur noch stärker geworden.

Anstatt der Realität ins Gesicht zu sehen, blende ich sie schnell wieder aus. Was soll's? Dann verbringe ich eben einen schönen Tag mit diesem Bild von einem Mann, der ganz offensichtlich auch

Interesse an mir hat, und wir beide gehen danach wieder unserer Wege. Genau. Wieso sollte ich nicht auch einmal einfach nur Spaß haben können, ohne gleich Gefühle zu investieren? Ich meine, ganz ehrlich, ich kenne diesen Typen doch gar nicht.

Eigentlich ist es perfekt. Ich will sowieso keine Beziehung, da ich mich auf meinen Abschluss konzentrieren muss, und Blake bietet mir eine nette, kurze Ablenkung ohne weitere Komplikationen. Wie oft im Leben bekommt man schon die Chance, mit einem derart attraktiven und auch noch intelligenten Mann eine kurze, bedeutungslose Affäre zu haben und danach wieder seines Weges zu gehen? Der Gedanke gefällt mir eigentlich ganz gut.

Das Lächeln in meinem Gesicht wird wieder ehrlich. »Ja, ich weiß. Aber noch bist du hier«, beantworte ich Blakes Frage, drücke meine Lippen noch einmal auf seine und gehe danach, ohne mich noch einmal umzudrehen, in meine Wohnung.

14

BLAKE

Alicia hat mir, ohne es zu wissen, eine schlaflose Nacht bereitet. Nach diesem unvergesslichen Kuss, mit dem ich im Leben nicht gerechnet habe, konnte ich einfach kein Auge zutun. Am liebsten hätte ich sie sofort an Ort und Stelle genommen. Da ich sie damit aber bestimmt nur verschreckt hätte, musste eine kalte Dusche herhalten, sobald ich im Hotel angekommen war. Zumindest hatte ich so genug Zeit, um mir Gedanken darüber zu machen, wie ich es am besten anstelle, diese Frau noch heute in mein Bett zu bekommen. So leicht wie üblich wird es bei ihr bestimmt nicht, egal wie mutig sie sich gestern vorgewagt hat. Ein Kuss ist für eine solche Schönheit noch immer etwas anderes als ein One-Night-Stand. So blöd, das nicht zu verstehen, bin ich nun wieder nicht.

Also habe ich bereits ein paar Telefonate geführt und unsere Termine für den heutigen Tag klargemacht, bevor ich pünktlich um acht Uhr vor Alicias Wohnhaus stehe. Zu meiner Überraschung ist sie ebenfalls bereit und steht in einem Kleid, das ihre Figur umspielt und erneut dreckige Fantasien in mir weckt, auf dem Gehsteig. Als sie mich erblickt, macht sich ein Lächeln in ihrem Gesicht breit.

»Guten Morgen, ich hoffe, du bist ausgeschlafen. Wir haben heute viel vor«, begrüße ich sie, nachdem ich aus dem Auto ausgestiegen bin und auf sie zugehe. Bei ihr angekommen, warte ich ihre Antwort gar nicht erst ab, sondern packe sie an der Hüfte, ziehe sie zu mir heran und stecke die ganze Begierde, die ich empfinde, in einen leidenschaftlichen Kuss. Als Alicia ein leises Stöhnen von sich gibt, reagiert mein Körper sofort und ich werde hart. Nur widerwillig löse ich mich von ihr, solange ich mich noch beherrschen kann, und rüge mich selbst. Es war ein Fehler, das Feuer zwischen uns schon so früh an diesem Tag anzustacheln. Jetzt muss ich noch mehr Willensstärke aufbringen, um sie zuerst zu umwerben und selbst auf die Idee kommen zu lassen, heute das Bett mit mir zu teilen.

Als Alicia mich mit ihren strahlend blauen Augen und leicht geröteten Lippen von unserem heißen Kuss ansieht, würde ich sie am liebsten in ihr Appartement tragen und es ihr so richtig besorgen.

Aber das muss warten. Mit leicht kehliger Stimme erzähle ich ihr, was ich für heute geplant habe.

»Was hältst du davon, nach San Francisco zu fahren und die Stadt zu erkunden? Ich habe eine Überraschung für dich«, sage ich zu ihr und sie lächelt mich freudig an.

»Das hört sich toll an. Was denn für eine Überraschung?«

»Das ist mein Geheimnis. Du wirst es noch früh genug sehen«, lasse ich sie im Unwissenden. Ich habe den Tag genau durchgeplant und die romantischsten Unternehmungen der Stadt für heute vorgesehen. Spätestens am Abend wird sie mir verfallen sein.

»Magst du mir nicht zumindest einen klitzekleinen Hinweis geben?«, bettelt sie mit einem Schmollmund, der mich daran denken lässt, was sie damit noch alles anstellen könnte. Später.

»Nein«, sage ich nur und halte ihr die Tür des gemieteten Cabrios auf.

Auf der Fahrt unterhalten wir uns, wie schon in dem kleinen Café, über unser beider liebstes Thema. Es ist unfassbar, wie sehr wir hier harmonieren und, vor allem, wie scharf mich die Gespräche mit Alicia machen.

»Müssen wir hier nicht runter?«, kommt es verwundert vom Beifahrersitz, als ich bei der Ausfahrt nach San Francisco einfach weiterfahre.

»Noch nicht. Ich hab etwas Besonderes vor. Es wird dir gefallen, versprochen«, versichere ich meiner Begleitung.

Wenige Minuten später sind wir auch schon in Sausalito, von wo aus unser erstes Abenteuer des Tages starten wird.

»Was wollen wir denn hier?«, fragt Alicia mich und sieht sich fragend um. Sie kann mit dem Flugplatz offenbar nicht viel anfangen.

»Wir schauen uns San Francisco von oben an«, weihe ich sie in mein Vorhaben ein und sie staunt nicht schlecht.

»Etwa mit dem Ding da?«, deutet sie erschrocken auf eines der Wasserflugzeuge.

»Ganz genau. Du hast doch hoffentlich keine Höhenangst?«, frage ich sie besorgt. Daran hatte ich gar nicht gedacht. Bleibt mir nur zu hoffen, dass unser Ausflug damit nicht beendet ist.

»Nein, das nicht, aber die Maschine ist schon ein wenig klein, meinst du nicht?« Alicia sieht erst die Maschine, dann mich ängstlich an. Nun, damit kann ich umgehen. Das ist wie früher, als wir die Mädchen in Horrorfilme eingeladen haben, damit wir als ihr Beschützer auftreten können.

»Keine Sorge, ich pass auch dich auf«, sage ich und lege schon einmal meine Arme um sie. Das dürfte ihr gefallen, denn ihr Körper schmiegt sich ganz eng an meinen. Natürlich muss ausgerechnet in diesem Moment ein Mitarbeiter auftauchen und die intime Stimmung stören.

»Mr. Sutton?«, sieht mich der Typ fragend an, was ich mit einem Nicken beantworte. »Ich bin Ihr heutiger Pilot. Wenn Sie wollen, können wir sofort starten.«

Er bringt uns zu einem der Wasserflugzeuge, erklärt, wie wir uns zu verhalten haben, und reicht uns anschließend Headsets, über die er uns während des Flugs erklären wird, was wir gerade sehen. Nachdem das alles geklärt ist, heben wir auch schon ab. Alicia drückt meine Hand so fest, dass ich Angst habe, sie bricht mir damit alle Knochen. Doch sobald wir unsere Flughöhe erreicht haben, lenkt der beeindruckende Blick über die Stadt sie offensichtlich ab. Ich ergreife die Gelegenheit und lege meinen Arm um ihre Schultern.

Gemeinsam bestaunen wir die Golden Gate Bridge, die Bucht von San Francisco, die Gefängnisinsel Alcatraz, das Naturschutzgebiet Muir Woods und die sanften Hügel der Weinbaugebiete. Auch für mich ist diese Vogelperspektive auf die Stadt neu. Aber viel beeindruckter als von der Landschaft und den Sehenswürdigkeiten bin ich von Alicias Begeisterung. Sie freut sich wie ein kleines Kind und deutet immer wieder auf andere Dinge, die sie entdeckt. Ihre Augen glänzen vor Freude.

Zwar können wir uns hier oben nicht unterhalten, aber diese Reaktion ist das allemal wert. Ich ertappe mich dabei, stolz darauf zu sein, dieser Frau ein solches Erlebnis ermöglicht zu haben, und spüre in mir den Drang aufkommen, sie noch ganz oft so glücklich machen zu können. Das ist gar nicht gut. Einmal mehr muss ich mir bewusst machen, weshalb ich das alles tue. Ich will sie ins Bett bekommen. Nicht mehr und nicht weniger. Danach funktioniert auch mein Verstand hoffentlich wieder normal und ich bekomme Alicia endlich aus dem Kopf.

15

ALICIA

Der Flug über San Francisco war einfach atemberaubend. Noch nie habe ich meine Heimatstadt aus dieser Perspektive gesehen. In den Genuss, ein Wasserflugzeug zu besteigen, kam ich vor Blake auch nicht. Dementsprechend aufgekratzt bin ich auch, als wir wieder festen Boden unter den Füßen haben.

»Das war einfach fantastisch«, strahle ich Blake an, sobald wir alleine sind. Ich fühle mich so losgelöst, dass ich die ganze Welt umarmen könnte. Doch ein Blick in die Augen dieses Mannes, der mich irgendwann noch verrückt macht, zeigt mir, was ich wirklich will. Ihn. In meiner derzeitigen Stimmung brauche ich mir erst gar nicht Mut zuzusprechen, um meine Arme um seinen Nacken zu schlingen und ihn leidenschaftlich zu küssen. Er dürfte überrascht von meiner plötzlich so ungestümen Art sein, denn er braucht eine Sekunde, bevor er in den Kuss mit einsteigt und mit seiner Zunge die meine erkundet. Als würde unser beider Leben davon abhängen, saugen wir an den Lippen des anderen, lassen unsere Zungen miteinander spielen und erforschen mit unseren Händen im gleichen Moment den Körper des anderen. Wären wir nicht noch immer auf dem Flugplatz, würde ich Blake hier und jetzt die Kleider vom Leibe reißen. Stattdessen raune ich ihm ins Ohr, als er gerade meinen Hals liebkost: »Ich will dich. Jetzt.«

Ein animalisches Brummen entweicht seiner Kehle und ich schreie lustvoll auf, als er mich in die empfindliche Stelle unter meinem Ohr beißt. Danach lässt er abrupt von mir ab, nimmt mich an der Hand und eilt schnellen Schrittes in Richtung Auto. Ich habe Mühe, ihm zu folgen, bin aber voller Vorfreude auf das, was jetzt kommen wird. Es braucht keine Worte, um zu wissen, dass wir auf schnellstem Weg das nächste Hotel aufsuchen werden.

Auf der Fahrt kann ich meine Finger nicht von ihm lassen. Doch als sich meine Hand in Richtung seines Schritts bewegt, hält er sie fest.

»Nicht jetzt.« Sein Tonfall, der keine Widerrede zulässt, und der harte Griff, mit dem er mein Handgelenk noch immer festhält, lassen einen wohligen

Schauer in meine unteren Regionen fahren. Als Blake mich loslässt, ziehe ich mich zurück, auch wenn es mich Mühe kostet. So aufgegeilt fällt es mir schwer, ruhig zu bleiben, und ich rutsche auf dem Autositz umher. Als Blake mich mit einem glühenden Blick von oben bis unten mustert, spüre ich schon wieder die Röte in meine Wangen steigen. Mit einem verzweifelten Laut, der pure Lust ausdrückt, nimmt er die rechte Hand vom Lenkrad und schiebt sie langsam unter den Saum meines Kleides. Überrascht stöhne ich auf und rutsche automatisch ein Stück nach unten, damit er meine empfindlichste Stelle besser erreicht. Federleicht fährt er über den zarten Stoff meines Slips und ich weiß nicht, wie ich diese Fahrt überstehen soll. Meine Lust nimmt ungeahnte Ausmaße an. Ich will ihn unbedingt in mir spüren. Doch das muss noch warten. Langsam suchen sich Blakes Finger ihren Weg zu meiner nackten Haut. Er muss spüren, wie bereit ich bereits für ihn bin. Ich sehe zu ihm hinüber, aber er hat den Blick stur auf die Straße gerichtet. Seine Miene ist ernst. Während er vermutlich viel zu schnell fährt, massiert er erst ganz sanft meine Klit, bevor er weiter nach unten gleitet und mit zwei Fingern in mich eindringt. Ich sauge meine Unterlippe ein, um einen Lustschrei zu unterdrücken. Doch als er anfängt, sich in mir zu bewegen, entfährt mir ein tiefes Stöhnen.

»Blake«, wimmere ich seinen Namen. Ich halte das nicht mehr lange aus. Mit geschlossenen Augen fiebere ich meinem Höhepunkt entgegen, als ich plötzlich seine Lippen auf meinen spüre. Wir müssen angehalten haben.

»So gern ich dich auch auf der Stelle nehmen würde, ist ein Parkplatz wohl kaum der richtige Ort dafür«, raunt er mir ins Ohr und stößt dabei noch einmal fest mit seinen Fingern zu.

»Blake, ich kann nicht«, sehe ich ihn um Erleichterung flehend an. In diesem Moment ist es mir vollkommen egal, ob uns irgendjemand beobachtet. Ich bin über die Grenze der Scham weit hinaus und möchte ihn nur noch spüren.

»Du bekommst mich schon noch. Keine Sorge«, versichert er mir, als er sich zurückzieht und aussteigt. Noch bevor ich reagieren kann, hat er mir die Autotür geöffnet und hält mir seine Hand entgegen. Mir bleibt nichts anderes übrig, als ebenfalls aufzustehen und mich noch so lange zu gedulden, bis wir ein Zimmer bekommen haben. Also ergreife ich Blakes Hand, steige aus und staune nicht schlecht, als ich mich nicht wie erwartet vor irgendeinem billigen Motel, sondern vor dem wohl teuersten Hotel der ganzen Stadt wiederfinde.

»Ist das dein Ernst?«, wende ich mich Blake zu. »Mir hätte ein einfaches Bett gereicht, solange du darin liegst.«

»So sehr ich dich auch begehre und am liebsten hinter dem nächsten Busch verschwunden wäre, finde ich doch, dass auch die Umgebung stimmen sollte. Und nun sind wir schon hier«, wiegelt er meine Bedenken ab und geht mir voran in den großzügigen Eingangsbereich des Hotels.

»Eine Suite für diese Nacht, bitte«, verlangt er an der Rezeption, als wäre es das Normalste der Welt, einfach hier reinzuspazieren, um sich mit einer Frau zu vergnügen, die man kaum kennt. Ich versteife mich automatisch, als ich höre, was dieser Ausflug kostet. Noch dazu in einer Suite. Ein Doppelzimmer hätte es doch auch getan. Immerhin brauchen wir gerade wirklich nicht mehr als ein Bett für uns allein.

»Ich will dich an jedem erdenklichen Ort in diesem Raum ficken, Alicia. Und das wird den ganzen Tag und die ganze Nacht dauern«, raunt er mir zu, als die Dame an der Rezeption damit beschäftigt ist, unsere Zimmerkarte vorzubereiten, und sofort reagiert mein Unterleib mit einem lustvollen Ziehen. Ich lecke mir über die Lippen, während Blake mich genau beobachtet.

Als wir eingecheckt haben, schleift er mich förmlich zu den Aufzügen, von denen einer zum Glück bereits für uns bereit steht. Nachdem wir eingestiegen sind und die Türen sich geschlossen haben, ergreift Blake von hinten meine Taille und zieht mich näher zu sich, sodass ich seine Erektion spüren kann. »Du machst mich fertig, Alicia. Ich kann es kaum erwarten, dich mit meinem Schwanz zu nehmen.« Alleine diese Worte genügen, um mir ein erfreutes Stöhnen zu entlocken. Ich will mich gerade zu ihm umdrehen, als sich die Türen öffnen und wir unser Stockwerk erreicht haben. Blake fasst mich an der Hand und schleppt mich zu unserem Zimmer. Sobald wir eingetreten und somit endlich alleine und unbeobachtet sind, packt er mich im Nacken und schenkt mir erneut einen seiner leidenschaftlichen Küsse. Während seine Hände überall an meinem Körper sind, bewegen wir uns in Richtung Bett. Dort angekommen, bleibt Blake stehen, streift mir langsam einen Träger meines Kleides nach dem anderen von den Schultern, wodurch es zu Boden fällt und ich nur noch in Unterwäsche vor ihm stehe. Genussvoll mustert er mich von oben bis unten, bis er schließlich beginnt, meine Brüste durch den zarten Stoff meines BHs zu liebkosen. Seine Finger suchen sich zum zweiten Mal am heutigen Tag ihren Weg unter meinen Slip und ich stoße ein lustvolles Stöhnen aus, als er erneut in mich eindringt.

Mit einem Ruck wirft Blake mich auf das weiche Bett und kommt vor mir auf die Knie. Er löst den Verschluss meines BHs und befreit mich auch von diesem Stoff, der zwischen uns steht.

»Ich will dich schmecken, Alicia«, höre ich ihn sagen und mein Körper windet sich vor Entzücken.

Doch anstatt, wie erhofft, in meinem Schoß abzutauchen, benutzt Blake meinen BH, um ihn um meine Handgelenke zu binden und am Kopfende des Bettes festzuknoten. Eine prickelnde Gänsehaut bildet sich auf meinem Körper. Ihm ausgeliefert, liege ich fast nackt vor ihm, während er noch vollständig bekleidet ist.

Als würde er mich absichtlich quälen wollen, bahnt er sich seinen Weg nur ganz langsam in meine unteren Regionen. Bei meinem Hals angefangen, liebkost er meinen Körper, über meine Brüste, meine Taille bis hinab zu meinen Schenkeln. Doch anstatt sich endlich meiner lustvollsten Stelle zu widmen, fährt er mit seiner Zunge unerträglich langsam über die Innenseite meiner Oberschenkel, ohne meine intimste Körperstelle auch nur zu berühren. Stattdessen kommt er ihr so nahe, dass ich vor Entzücken aufjauchze, bevor sich die Frustration einstellt, doch nicht zu bekommen, wonach es mir so sehr verlangt. Bis Blake endlich mit seiner Zungenspitze über meine Klit federt und ich ein lautes Stöhnen von mir gebe. Davon angestachelt, versinkt er gierig in meinem Schoß. Als seine Zunge tief in mich eindringt, kann ich nicht mehr an mich halten. Mein ganzer Körper wird von einer Welle der Lust überschwemmt und ich komme mit einem erlösenden Schrei. Ich will mich Blakes Liebkosungen entziehen, da ich in diesem Moment viel zu empfindlich bin, aber er lässt mich nicht los.

»Ich bin noch lange nicht mit dir fertig, Alicia«, lässt er mich in einem Tonfall wissen, dem seine Erregung deutlich anzuhören ist, nur um danach wieder abzutauchen und meine Lust von Neuem zu entfachen. Ich bin selbst überrascht darüber, wie schnell ich bereit für eine zweite Runde bin und mein Verlangen auf diesen Mann nur noch intensiver wird.

»Ich will dich in mir spüren, Blake. Bitte, nimm mich«, flehe ich ihn an und endlich werde ich erhört. In Rekordgeschwindigkeit befreit er sich von seinen Klamotten und ich sehe ihn zum ersten Mal vollkommen nackt, was meine Lust auf ihn nur noch mehr entfacht. Noch nie zuvor habe ich einen Nerd mit solch einem durchtrainierten Körper gesehen. Sein harter Schwanz passt perfekt zum Rest des Bildes dieses umwerfenden Mannes und ich kann es kaum erwarten, ihn tief in mich aufzunehmen. Geschickt legt Blake ein Kondom an, das er aus seiner Hosentasche gezogen hat, und bringt sich vor mir in Position.

»Bist du dir sicher?«, fragt er mich, als ich die Spitze seiner Erektion an meinem Eingang spüre. Überwältigt von so viel Einfühlungsvermögen ziehe ich ihn gierig an mich heran und gebe ihm so mein Einverständnis. Danach ist er nicht mehr zu halten, dringt mit einem kräftigen Stoß, der mir einen lustvollen Schrei entlockt, in mich ein und versenkt im nächsten Moment seine Zunge in meinem Mund.

Seine Hände sind überall an meinem Körper, während er immer wieder hart zustößt. Ein Grollen entspringt seiner Kehle und ich spüre, wie sein Schwanz in mir noch härter wird, als er meine Brüste so hart massiert, dass ich vermutlich blaue Flecken davontragen werde. Aber das ist mir egal. Was jetzt zählt, ist nur unsere Leidenschaft und die Jagd nach dem Höhepunkt. Ich fühle mich vollkommen überreizt und kann keinen klaren Gedanken mehr fassen. Da sind Blakes Hände, die meine Brüste kneten, was heiße Schauer in meine unteren Regionen schickt, sein Schwanz, der sich unaufhaltsam in mir bewegt und mich an meiner empfindlichsten Stelle immer näher dem nächsten Höhepunkt entgegen treibt, seine Zunge, die abwechselnd meinen Mund beschäftigt oder mit meinen harten Brustwarzen spielt.

»Komm für mich, Alicia«, raunt er mir ins Ohr und mit diesen Worten ist es um mich geschehen. Mit einem lauten Schrei explodiert es in mir und ich habe den heftigsten Orgasmus meines ganzen Lebens. Das Zusammenziehen meiner Muskeln um Blakes Erektion scheint auch ihm den Rest zu geben. Mit einem letzten tiefen Stoß stöhnt auch er laut auf und sackt über mir zusammen. Das Zucken seines Schwanzes in mir löst erneut freudiges Entzücken aus und ich bin dankbar dafür, noch die ganze Nacht mit diesem Mann in diesem Zimmer sein zu dürfen.

Zärtlich streichelt Blake mir die Haare aus dem Gesicht und küsst mich, diesmal so süß und sanft, dass ich sofort weiß, wie sehr ich mich in dieser Sache verkalkuliert habe. Ich bin diesem Mann mit Haut und Haaren verfallen, auch wenn ich es nicht zugeben werde. Immerhin hat er mich gewarnt.

16

BLAKE

Die Nacht mit Alicia war weit mehr als nur befriedigend. Nach unserer ersten Runde habe ich sie von ihren Fesseln befreit, woraufhin sie gierig nach meinem Schwanz gegriffen und sich mit Händen, Zunge und Mund dafür gerächt hat, wie lange ich sie zuvor habe warten lassen. Danach haben wir mein Versprechen wahr gemacht und jede Ecke der Suite genutzt, um uns miteinander zu vergnügen. Unterbrochen nur von einer Bestellung beim Zimmerservice, um zu neuen Kräften zu kommen.

Diese Frau ist einfach unersättlich. So etwas wie mit ihr habe ich zuvor noch nie erlebt. Keine Frau hat zuvor ein solches Verlangen in mir ausgelöst. Mehr noch als das. Alleine der Gedanke daran, ein anderer Mann könnte sie jemals wieder anfassen, ist einfach unerträglich. Ich will sie für mich. Genau das ist es, was mich beschäftigt, seit Alicia in den frühen Morgenstunden schließlich völlig erschöpft eingeschlafen ist. Wie sie da liegt, mit diesem reinen, unschuldigen Ausdruck im Gesicht. Dabei ist sie eine Göttin im Bett.

Ein Blick auf die Uhr zeigt mir, dass es langsam Zeit wird zu gehen. Ich muss meinen Flug heute Abend erwischen und habe davor noch etwas mit Adam zu besprechen. Außerdem weiß ich nicht, ob Alicia heute Vorlesungen hat, die sie nicht verpassen darf. Zärtlicher als ich es von mir selbst gewohnt bin, streiche ich ihr die Haare aus dem Gesicht und küsse sie in den Nacken, den sie mir in ihrer seitlichen Schlafposition so schön präsentiert. Mit einem leisen, genüsslichen Grummeln schlägt sie die Augen auf.

»Hast du noch immer nicht genug?«, fragt sie mich grinsend und dreht sich zu mir, wodurch ihre prallen Brüste entblößt werden. Sofort werde ich wieder hart. Diese Frau macht mich noch ganz fertig. Ich kann nicht anders, als ihre harten Brustwarzen in den Mund zu nehmen und daran zu saugen. Alicia gibt ein genüssliches Stöhnen von sich und umfasst meinen Schwanz mit ihrer Hand.

»Wie wär's, wenn wir das unter die Dusche verlegen?«, biete ich ihr an, um zwei Fliegen mit einer Klappe zu schlagen.

»Zuerst möchte ich dich noch einmal in mir spüren«, haucht sie mir ins Ohr, was mich jegliche

Verantwortung vergessen lässt. Ich greife auf den Nachttisch, wo ich eine Packung Kondome platziert habe, streife mir eines über und im nächsten Moment platziert sich Alicia bereits über meinem Schwanz und setzt sich auf meinen Schoß, sodass ich in ihre enge, nasse Vagina eindringen kann. Mir entweicht ein lautes Stöhnen. Dieses Gefühl, in ihr zu sein, ist einfach überwältigend. Alicia beginnt mit ihren Hüften zu kreisen, während ich ihre Brüste nacheinander mit meiner Zunge verwöhne. Doch sie lässt mich nicht lange gewähren. Nach einem tiefen, leidenschaftlichen Kuss beugt sie sich etwas nach hinten, wirft ihre Haare zurück und beginnt mit ihren Fingern ihre Klit zu verwöhnen. Bei dem Anblick wird mein Schwanz noch härter und ein tiefes Knurren entweicht meiner Kehle.

Nach nur wenigen Minuten stöhnt Alicia laut auf, ihr Körper zuckt vor Vergnügen und die Muskeln um meinen Schwanz ziehen sich genüsslich zusammen, was auch mich kommen lässt. Ich strecke meine Arme aus, um Alicia an mich zu ziehen, doch sie schwingt sich aus dem Bett, bevor ich sie zu fassen bekomme.

»Ich schätze, wir müssen langsam los«, sagt sie und irgendetwas schwingt in ihrer Stimme mit, das ich nicht ganz deuten kann. Ich beeile mich, das Kondom zu entsorgen, und laufe hinter ihr her. An der Tür zum Badezimmer hole ich sie ein und versperre ihr den Weg.

»Was ist los?«

»Nichts, was soll los sein? Wir haben das Zimmer nur für eine Nacht gebucht. Sie werden es bestimmt säubern wollen.«

Sie sagt das, als wäre ihr das Ende unserer gemeinsamen Zeit vollkommen gleichgültig. Dabei kann ich mir beim besten Willen nicht vorstellen, dass ihr die letzten Stunden nicht genauso viel bedeutet haben wie mir.

»Alicia, was soll das? Wir hatten doch eine tolle Nacht.«

»Ja, das hatten wir. Und jetzt müssen wir zurück. Du wirst doch bestimmt bald wieder nach New York müssen, oder nicht?«

Ihre Gleichgültigkeit bringt mich zur Weißglut. Das kann sie doch nicht ernst meinen. Wütend sehe ich sie an. »Das war es also?«

»Blake, was willst du von mir hören? Du reist heute ab. Ja, die Nacht war fantastisch, aber wir wussten von Anfang an, dass das hier keine Zukunft hat.« Sie will sich an mir vorbei ins Badezimmer drängen, aber ich halte sie am Arm fest.

»Komm mit mir mit«, bitte ich sie und erst als die Worte meinen Mund verlassen haben, wird mir bewusst, dass es das ist, was ich wirklich will. Mir sogar von Herzen wünsche. Ich möchte mit Alicia zusammen sein. Egal, was mit meiner Ex war oder was Adam davon hält. Ich bin verrückt nach ihr und werde sie bestimmt nicht so einfach gehen lassen.

Fast schon entsetzt sieht sie mich an. Ihr Augen verengen sich. »Wie stellst du dir das vor? Ich kann doch nicht einfach alles stehen und liegen lassen und dich nach New York begleiten. Als was eigentlich? Dein neuestes Betthäschen? Und wenn du genug von mir hast, schickst du mich zurück?« Sie ist wütend. Na toll. Dabei habe ich es so ganz und gar nicht gemeint.

Ich nehme ihre Hand und lege sie auf meinen Schwanz, der schon wieder hart ist, einfach nur, weil sie nackt vor mir steht. »Ja, ich begehre dich und ich würde mir wünschen, du würdest jeden Tag in meinem Bett auf mich warten, wenn ich nach Hause komme. Aber ich will dich ganz, Alicia. Ich will mit dir zusammen sein. Du raubst mir den Verstand, und zwar nicht nur, weil ich unglaublich scharf auf dich bin. Ich kann an nichts anderes mehr denken, seit ich dir begegnet bin. Du bist klug und sexy. Genau das, was ich will. Merkst du nicht, was du mit mir machst? Ich sehe dich nur an und werde hart.«

Alicias Wangen verfärben sich rot, was in Anbetracht dessen, was wir die letzten Stunden hier getan haben, absolut niedlich ist. Sie ist nicht so durchtrieben, wie ich sie diese Nacht erlebt habe. Zumindest war sie es bis jetzt nicht. Ich bin mir ziemlich sicher, dass sie sich noch nie so hat gehen lassen wie mit mir. Umso überraschter bin ich, als diese unschuldig wirkende Frau den Druck auf meinen Schwanz plötzlich erhöht und meinen Nacken küsst. Ich stöhne laut auf, da nähert sie sich meinem Ohr. »Wenn du mich willst, musst du allerdings auf alle anderen Frauen verzichten. Ich bin eifersüchtig, Blake, und ich teile nicht gerne«, flüstert sie mir zu.

»Umso besser. Das Gleiche gilt umgekehrt. Ich möchte nicht, dass dich ein anderer auch nur ansieht. Du gehörst mir, Alicia. Hast du das verstanden?«, raune ich ihr zu, während ich es ihr nachmache und meinen Finger in ihre Öffnung stecke. Ein überraschtes Zischen kommt aus ihrem Mund. Danach schlingt sie ihre Arme um mich und ich hebe sie in die Höhe, um sie endlich unter die Dusche zu tragen, wo ich ihr noch einen Orgasmus beschere, bevor wir tatsächlich die Suite verlassen müssen.

17

ALICIA

»Du willst das also tatsächlich durchziehen?«

Rosie sieht mir dabei zu, wie ich meine Koffer packe. Seit meiner Nacht mit Blake sind zwei Wochen vergangen und ich kann es kaum erwarten, ihn endlich wiederzusehen. Auch wenn es mir schwerfällt, Kalifornien den Rücken zu kehren und meine beste Freundin hier zurückzulassen.

Natürlich wäre es Blake lieber gewesen, ich wäre sofort mit ihm nach New York gereist, aber schließlich musste ich noch meine Doktorarbeit beenden. Gestern hatten wir unsere Abschlussfeier. Rosie und ich haben beide mit Auszeichnung bestanden und noch einmal ordentlich gefeiert. Ich weiß gar nicht, wie ich all das geschafft habe. Ständig musste ich an Blake und unsere kurze gemeinsame Zeit denken. Heute Abend kann ich ihn endlich wieder in die Arme schließen. Und noch mehr. Auch das war die letzten Wochen kaum auszuhalten. Wir hatten nur diese eine Nacht, danach musste er wieder zurück und sich um seine Firma kümmern. Deshalb blieb uns nichts anderes übrig, als übers Telefon in Kontakt zu bleiben. So sehr ich seine Stimme auch liebe, verzehre ich mich nach seinen Berührungen und kann es kaum erwarten, endlich in der Stadt, die niemals schläft, anzukommen.

»Das hatten wir doch schon, Rosie. So schwer es mir auch fällt, ohne dich zu gehen, liebe ich Blake. Ich will uns eine Chance geben und das kann ich nur, wenn ich zu ihm nach New York ziehe.«

Rosie wirft sich mit einem Seufzer auf mein Bett, auf dem mein Koffer noch immer offen herumliegt, während ich alle Schubladen durchgehe, um sicherzustellen, nichts vergessen zu haben. Zum Glück besitze ich nicht allzu viel. Ich kann also mit recht leichtem Gepäck fliegen. Nachdem ich auch den Schreibtisch entleert habe, blicke ich zu meiner Freundin, die noch immer eine Schnute zieht. Mit einem Lächeln im Gesicht setze ich mich neben sie.

»Ach komm, Rosie. Ich bin schließlich nicht aus der Welt und werde dich ganz oft besuchen kommen. Und sobald ich mich in New York eingelebt habe, kommst du vorbei und wir machen einen drauf. Was meinst du?«

Sie legt ihren Zeigefinger auf den Mund und tut so, als müsse sie erst über mein Angebot nachdenken. »Also gut. Aber tu mir den Gefallen und leb dich schnell ein. Vielleicht finde ich dann auch jemanden dort und wir sind wieder vereint«, antwortet sie nach einer Weile theatralisch.

»Oder du suchst dir einen Job in New York«, biete ich ihr eine weitere Lösung an. »Wie läuft es eigentlich bei der Suche?«

Nach der IT-Konferenz, auf der ich Blake zum ersten Mal begegnet bin, haben sich tatsächlich einige Firmen bei uns gemeldet. Bisher war aber noch nicht das Jobangebot dabei, auf das wir gehofft hatten. In Wahrheit sind wir mit unserer Ausbildung für viele Stellen überqualifiziert und würden uns vermutlich nur langweilen. Bevor Blake abgereist ist, hat er mir angeboten, in New York erst einmal in seiner Firma unterzukommen, was mehr ist, als ich mir hätte erträumen können. Zwar weiß ich noch nicht genau, welche Position ihm vorschwebt, da er meinen Schwerpunkt kennt und sich ein Teil seines Unternehmens auch damit beschäftigt, hoffe ich stark, dort untergebracht zu werden. Auf lange Sicht wäre es mir allerdings lieber, nicht für meinen Freund arbeiten zu müssen. Ich hätte sonst immer das Gefühl, den Job nur bekommen zu haben, weil ich mit dem Boss schlafe. Was in diesem Fall auch zu hundert Prozent zutrifft. Das ist nicht die Karriere, die ich mir vorgestellt habe. Blake meinte zwar, mit meinen Qualifikationen hätten sie mich auch eingestellt, wenn er nicht scharf auf mich wäre, aber ich weiß, wie es in der Branche zugeht. Gute Stellen sind schwer umkämpft. Trotzdem will ich mir selbst beweisen, dass ich es aus eigener Kraft zu etwas bringen kann.

»Geht so. Bei den Angeboten, die bis jetzt reingekommen sind, hätte ich genauso gut auch für Dad arbeiten können.«

»Hat er eigentlich schon ein Kaufangebot angenommen?«, frage ich sie interessiert, da ich weiß, dass sich einige Firmen bei ihm gemeldet haben.

»Noch nicht. Da die Anfrage jetzt doch größer ist als erwartet, glaube ich, er versucht, noch etwas mehr rauszuschlagen. Aber vor allem geht es ihm darum, dass auch alle Mitarbeiter zu ihren jetzigen Konditionen übernommen werden. Das dürfte nicht so einfach sein.«

»Soll ich mit Blake darüber reden? Er hat bestimmt gute Kontakte. Vielleicht findet sich so ein passender Käufer, der auf die Bedingungen deines Dads eingeht«, schlage ich ihr vor. Blake wird bestimmt nichts dagegen haben, sich für Michael umzuhören. Wenn ich mir nur vorstelle, wie mein neuer Freund Geschäfte macht mit seiner dominanten Art, zieht sich in mir vor lauter Vorfreude auf unser baldiges Wiedersehen alles zusammen. Dieser Mann macht mich sogar von der Ferne noch ganz scharf.

»Ja, das wäre toll. Und wenn er dann auch noch einen Job für mich hat, gebe ich euch gerne meinen

Segen«, antwortet Rosie lachend. Ich weiß, dass sie es so nicht meint. Sie freut sich für mich und ist glücklich, wenn ich es bin. Außerdem verstehe ich sie gut. Auch ich werde sie furchtbar vermissen. Immerhin waren wir noch nie lange voneinander getrennt. Ich meine, wir haben sogar zusammen studiert und uns dieses Appartement hier geteilt. Enger geht schon fast gar nicht mehr. Auf einmal so viele Kilometer von ihr entfernt zu sein, fühlt sich merkwürdig an. Lieber wäre es mir, Blake würde nach Kalifornien ziehen und ich müsste nicht meinen Lebensmittelpunkt verlegen. Aber das ist nun mal nicht möglich. Es ist Zeit, meine kleine Komfortzone zu verlassen und auf eigenen Beinen zu stehen. Wobei, ganz so krass ist es nicht. Immerhin habe ich den besten Partner dafür an meiner Seite, den ich mir nur wünschen kann.

Ein kurzer Blick auf die Uhr zeigt mir, dass es Zeit wird, sich zu verabschieden.

»Du musst los«, stellt Rosie fest, als sie meinen Gesichtsausdruck sieht.

»Ja. Ich werde dich ganz furchtbar vermissen.« Ich nehme meine beste Freundin fest in die Arme. Für den Weg zum Flughafen habe ich mir ein Taxi bestellt. Abschiede fallen mir nicht gerade leicht, deshalb will ich es lieber schnell hinter mich bringen, als es länger als nötig hinauszuzögern. Von meinen Eltern, die gestern aus San Francisco für meine Abschlussfeier angereist sind, habe ich mich bereits verabschiedet. Sie sehen meinen Umzug nach New York ähnlich dramatisch wie Rosie. Immerhin konnten sie bisher in unter einer Stunde bei mir sein. Und das mit dem Auto. Um mich in Zukunft besuchen zu können, müssen sie einen fast sechsstündigen Flug auf sich nehmen. Das ist doch ein großer Unterschied. Aber nichts, was man nicht bewältigen könnte.

Ich schnappe mir meinen Koffer und drücke Rosie noch mal zum Abschied. »Pass auf dich auf. Und halte mich auf dem Laufenden. Ich will über jedes Date, das du hast, bis ins kleinste Detail informiert werden«, rette ich mich mit einem Scherz über die angespannte Situation.

»Mach ich. Melde dich, sobald du angekommen bist. Und vergiss nicht, wenn dieser Sutton dir blöd kommt, bin ich in sechs Stunden bei dir und rette dich.«

Jetzt muss ich doch lachen. Blake war die letzte Zeit am Telefon schon so zuvorkommend, dass ich mir beim besten Willen nicht vorstellen kann, wie dieser Mann mich jemals verletzen sollte. Nach einer weiteren Umarmung verlasse ich schließlich die Wohnung und lasse damit mein altes Leben hinter mir.

18

BLAKE

Verdammt. Das kann doch alles nicht wahr sein. Mein engster Berater ist gerade in mein Büro gekommen und hat mir einen Stapel Papiere auf den Tisch geknallt. Irgendetwas stimmt mit unseren Zahlen nicht und ich habe keine Ahnung, wie das passieren konnte.

Als ich meine erste Firma aufgezogen und anschließend für sehr viel Geld verkauft habe, war alles irgendwie einfacher. Ich war alleine für eine Handvoll Mitarbeiter zuständig. Das war überschaubar und ich hatte die Kontrolle über jeden einzelnen Handgriff. Bei einem Unternehmen, wie ich es jetzt besitze, ist das nur leider nicht mehr möglich. Ich muss mich auf Angestellte verlassen und ihnen vertrauen, dass sie die Arbeit, die ihnen zugewiesen wurde, auch korrekt und im Sinne der Firma ausführen. Zumindest dann, wenn es um hochrangige Mitarbeiter geht. Schließlich bräuchte ich sie nicht, wenn ich erst recht jeden ihrer Handgriffe überprüfen müsste. Und obwohl jeder einzelne Bewerber genauestens überprüft wird, bevor wir ihn einstellen, können offenbar auch uns Fehler passieren.

»Wer ist dafür verantwortlich, Scott?«

Mein Berater sieht mich mit ernster Miene an. Scheiße. Sein Gesichtsausdruck genügt, um zu wissen, dass wir in echten Schwierigkeiten sind.

»Du weißt es nicht«, stelle ich resigniert fest und Scott fährt sich verzweifelt über den Mund.

»Noch nicht. Aber wir sind dran. Die Firma ist in den letzten Monaten so rasant gewachsen, dass wir Personalmangel hatten. Wir mussten schnell handeln und haben zum Glück auch keine Verluste gemacht. Leider ist es dadurch jetzt schwieriger für uns, denjenigen ausfindig zu machen, der das verbrochen hat.«

»Wie viele kommen dafür infrage?«

»Theoretisch haben nur eine Handvoll Menschen die Berechtigung, solche Transaktionen durchzuführen.« Mit zusammengekniffenen Augen sehe ich Scott an. Wenn er so herumdruckst und mir keine eindeutige Antwort gibt, ist das gar nicht gut.

»Scott ...« Ich sehe ihn eindringlich an, woraufhin er sich seufzend auf den Stuhl vor meinem Schreibtisch fallen lässt.

»Vier, vielleicht fünf Leute.«

»Verdammt, Scott. Wie konnte das passieren?«

Er zuckt mit den Schultern und auch ohne seine Antwort abzuwarten, weiß ich, was wir falsch gemacht haben. Wir wollten zu schnell zu viel, haben andere Unternehmen aufgekauft, die sich selbst nicht mehr über Wasser halten konnten, weil wir die Ressourcen und das Wissen dafür haben, sie wieder aufzubauen. Aber all das braucht eine Menge Menschen, um die Räder am Laufen zu halten.

»Wir mussten Parker entlasten, Blake. Er hätte das nicht mehr länger alleine geschafft.«

»Ich weiß«, schnaube ich aufgebracht. Parker ist von Anfang an dabei. Er kümmert sich um die Buchhaltung und um alle Transaktionen. Zumindest war das bis vor einigen Monaten noch so. Je größer die Firma wurde, desto mehr Arbeit hatte er und irgendwann war der Punkt erreicht, an dem er es nicht mehr alleine bewältigen konnte, deshalb haben wir auch diesen Bereich des Unternehmens aufgestockt. Allerdings sollte Parker die Leitung übernehmen und seine neuen Kollegen streng überwachen. Ich meine, wir sind ein IT-Unternehmen und mit den besten Firewalls und Sicherheitssystemen ausgerüstet, die es gibt. Eigentlich sollten wir jeden einzelnen Tastenanschlag zurückverfolgen können. Da kommt mir eine Idee.

»Was, wenn es niemand aus der Buchhaltung

war?«, sage ich mehr zu mir selbst als zu Scott. So sehr ich ihn als meinen Berater in Unternehmensangelegenheiten auch schätze, hat er einfach keine Ahnung von der komplizierten Welt der Programmierung und weiß vermutlich nur aus den Nachrichten, wozu ein Hacker fähig wäre. Noch dazu einer, dem wir aus freien Stücken Zugriff auf unser System gewähren.

»Einer unserer Programmierer. Das zu überprüfen, kann allerdings sehr viel Zeit in Anspruch nehmen. Immerhin können wir wohl kaum unsere eigenen Kräfte darauf ansetzen, wenn derjenige dadurch gewarnt werden würde.«

»Du meinst, jemand aus der Software-Abteilung hat sich Zugriff auf unser Buchhaltungssystem verschafft?«

»Er hätte es nicht einfach gehabt und müsste über spezielle Rechte verfügen, sonst hätte unser System sofort Alarm geschlagen. Aber möglich ist es. Immerhin sind wir bekannt dafür, nur die Besten der Besten einzustellen.«

Mit hochgehobenen Augenbrauen sieht Scott mich an. »Und wer hat solche Rechte?«

»Nur Menschen, denen wir vertrauen. Eigentlich. Was mich umso mehr beunruhigt. Ich werde das selbst in die Hand nehmen und mir Unterstützung von außen holen müssen«, lasse ich ihn wissen. Natürlich kann ich auch falschliegen. Um ehrlich zu sein, hoffe ich sogar, dass ich falschliege.

Denn eine solche Sicherheitslücke in den eigenen Reihen zu haben, kann gefährlich werden und die gesamte Firma ruinieren. Je nachdem, was der Übeltäter vorhat. Aber jemand, der so weit vorgedrungen ist, hat bestimmt mehr vor, als nur ein paar Hunderttausend Euro zu stehlen.

»Und wen willst du um Hilfe bitten? Alle, die was draufhaben, sind hier angestellt oder gehören zur Konkurrenz.«

»Nicht alle. Eine ganz bestimmte Person wäre durchaus bereit dazu, mir zu helfen.« Davon darf nur Alicia nichts erfahren, aber das muss Scott nicht wissen. Bei dem Gedanken an sie muss ich unwillkürlich auf die Uhr schauen. Nur noch eine Stunde, bis ihr Flieger in New York landet. Ich sollte mich langsam beeilen.

19

ALICIA

Die sechs Stunden, die dieser Flug von San Francisco nach New York dauert, kamen mir vor wie eine Ewigkeit. Als die Räder endlich den Boden berühren, kann ich es kaum noch erwarten, Blake in die Arme zu fallen. Er hat mir versprochen, mich vom Flughafen abzuholen und danach sofort in sein Appartement zu bringen, um die vergangenen Wochen, die wir uns nicht sehen konnten, wiedergutzumachen. Alleine bei dem Gedanken daran, was er alles mit mir anstellen wird, werde ich ganz feucht.

Als ich endlich aus dem Flieger komme, meinen Koffer beim Gepäckband abgeholt habe und die Ankunftshalle betrete, spüre ich Blakes Anwesenheit bereits, bevor ich ihn sehe. Abseits des ganzen Trubels entdecke ich ihn kurz darauf an eine Säule gelehnt und mit seinem typischen Lächeln im

Gesicht. Ohne auf die anderen Menschen zu achten, lasse ich meinen Koffer los und stürme auf ihn zu, nur um ihm sofort in die Arme zu fallen und seine wunderschönen Lippen zu küssen.

»Du kannst es wohl kaum noch erwarten«, grinst er mich an, als ich mich kurz von ihm löse.

»Tu nicht so, als ginge es dir anders«, erwidere ich mit einem süffisanten Blick auf seine Hose, unter der ich bei der Umarmung eine eindeutige Erektion gespürt habe. Ich liebe diesen Schlagabtausch mit Blake, aber im Moment wäre es mir lieber, nicht unter Hunderten von Menschen zu sein, damit ich das Geschenk, das sich so deutlich abzeichnet, endlich auspacken kann.

»Das tut es nicht. Deshalb sollten wir schauen, dass wir schleunigst von hier weg kommen.« Er nimmt mich bei der Hand und hebt im Vorbeigehen meinen Koffer auf, als würde er nichts wiegen. Draußen angekommen, wartet schon eine Limousine auf uns. Der Fahrer, der offenbar auch die Funktion eines Bodyguards hat, wenn ich nach seiner Statur und der Waffe an seiner Hüfte urteile, hält mir die Tür auf und sobald ich eingestiegen bin, folgt Blake mir mit einem Blick, der mich freudig aufjauchzen lässt.

»Die Fenster sind verdunkelt. Niemand sieht also, was hier drinnen vor sich geht«, lässt er mich mit seiner verführerisch tiefen Stimme wissen.

Ich deute nach vorne zu dem Fahrer, weil ich auf

vieles stehe, aber bestimmt nicht darauf, beim Sex beobachtet zu werden. Auch nicht, wenn es sich um einen Vertrauten von Blake handelt.

»Fahren Sie uns zu meinem Appartement, Cliff«, ruft er nach vorne und drückt danach einen kleinen Schalter, der die Scheibe zwischen Fahrerkabine und uns hochfährt. Auch sie ist verdunkelt. Wir sind also tatsächlich ungestört.

»Zufrieden?«, fragt Blake mich und presst im nächsten Moment schon seine Lippen auf meine, sodass ich einer Antwort enthoben werde. Sofort sind alle Bedenken weggewischt und das Einzige, was zählt, sind Blake, ich und das Feuer zwischen uns. Meine Antwort ist auch ohne Worte eindeutig. Ich drücke Blake zurück in eine aufrechte Position, was mir zunächst einen fragenden Blick einbringt. Doch als ich mein Bein über ihn hebe und auf seinem Schoß zu sitzen komme, ist das begehrliche Grinsen in seinem Gesicht zurück. In diesem Moment bin ich unendlich dankbar dafür, dass wir nach unserer ersten gemeinsamen Nacht beschlossen haben, uns testen zu lassen, und nun keine Kondome mehr brauchen. Ich beeile mich also, den Reißverschluss seiner Hose zu öffnen, schiebe meinen Slip zur Seite und lasse mich langsam auf ihm nieder. Ein heiseres Stöhnen entweicht Blakes Kehle, wodurch es für mich kein Halten mehr gibt. Genüsslich kreise ich meine Hüften und halte das Gefühl von seinem harten

Schwanz in mir kaum noch aus. Es viel zu viel Zeit vergangen, seit ich ihn zuletzt in mir gespürt habe. Ihm dürfte es ähnlich gehen, denn schon nach wenigen Minuten entladen wir uns beide und kommen zeitgleich zum Höhepunkt.

Etwas Derartiges habe ich noch nicht erlebt. Während sich die Muskeln meiner unteren Region immer wieder zusammenziehen, pulsiert Blakes Schwanz in mir, was mich auf der Stelle bereit für die nächste Runde macht. Wild entschlossen sauge ich die Lippen dieses Mannes, der mich mehr erregt als irgendjemand vor ihm, ein und beginne von vorne, mich auf ihm zu bewegen. Doch mit einer kräftigen Bewegung hebt mich Blake hoch und befördert mich neben sich auf den Sitz der Limousine.

Bevor ich Einspruch erheben kann, schließt er meinen Mund mit seinen Lippen und knetet dabei meine rechte Brust. Mit einem verzweifelten Seufzen löst er sich schließlich von mir.

»Du machst mich verrückt. Glaube mir, es fällt auch mir schwer, aber wir sind gleich da und ich denke nicht, dass du riskieren möchtest, von Cliff unterbrochen zu werden. Sobald wir alleine in meinem Appartement sind, setzen wir das hier fort. Du wirst heute noch oft für mich kommen, Alicia.«

Auch wenn ich enttäuscht darüber bin, Blakes Schwanz nicht mehr in mir zu haben, zieht sich in mir doch alles voller Vorfreude auf das, was noch kommen wird, zusammen. Wir bringen unsere Klamotten wieder einigermaßen in Ordnung und im nächsten Moment hält der Wagen auch schon an. Bisher habe ich aus offensichtlichen Gründen noch keinen Blick aus dem Fenster gemacht, doch jetzt bin ich beeindruckt von dem riesigen Gebäude, vor dem wir stehen.

»Willkommen in deinem neuen Zuhause«, sagt Blake, als wir ausgestiegen sind, und ich staune nicht schlecht. Keine Ahnung, was ich erwartet habe. Immerhin weiß ich, wie erfolgreich mein Freund ist. Dass er mit so viel Geld nicht in einer zwielichtigen Ecke wohnt, in denen die Fassaden der Häuser auseinanderfallen, war mir klar. Aber die Gegend, direkt neben dem Central Park, mit eigenem Concierge und goldenen Eingangstüren, hatte ich nicht im Kopf, als ich mir mein zukünftiges Zuhause vorgestellt habe.

»Gefällt es dir nicht?«, interpretiert Blake meinen offenen Mund falsch.

»Nein. Ich ... Es ist toll. Wirklich sehr schön«, sage ich, um ihn zu beruhigen. Aber in mir kommen Zweifel auf, ob ich hier tatsächlich richtig bin. Ich bin in keiner armen Familie groß geworden. Wir konnten uns ein schönes Haus in San Francisco leisten. Aber das hier ist doch noch mal einige Nummern größer. Auf einmal wird mir bewusst, in welchen Kreisen Blake sich bewegt und ich habe ein wenig Angst, nicht dazu zu passen. Doch ich möchte mit meinen Bedenken unser Wiedersehen nicht trüben, deshalb setze ich einfach ein Lächeln auf und verschiebe diese Gedanken auf später.

Mit seiner Hand an meinem unteren Rücken, was mir einerseits Sicherheit gibt und andererseits eine heiße Welle durch meinen Körper schickt, führt Blake mich in das Gebäude zu den Aufzügen und direkt in sein Penthouse im obersten Stock. Als sich die Aufzugtüren öffnen, fällt mir als Erstes der geniale Blick durch die raumhohen Fenster über den Central Park auf. Erst im nächsten Moment nehme ich die elegante, aber doch gemütliche Einrichtung wahr. Es ist atemberaubend.

»Wie findest du es? Denkst du, du kannst dir hier wohlfühlen?«, fragt Blake mich und ich sehe ihm an, wie wichtig ihm meine Antwort ist.

»Es ist fantastisch«, gebe ich begeistert zurück. »Aber viel mehr als an der Wohnung bin ich an dem Mann, dem sie gehört, interessiert. Wie wär's, wenn du mir das Schlafzimmer als Erstes zeigen würdest?«, bitte ich Blake mit einem verführerischen Augenaufschlag und er zögert nicht lange, nimmt meine Hand und führt mich einen Gang entlang zu einem riesengroßen Zimmer, das von einem Himmelbett vereinnahmt wird.

»Diesmal möchte ich mir Zeit lassen. Sehr viel Zeit.« Mit diesen Worten leitet Blake die nächsten Stunden ein, in denen wir ein ums andere Mal zeigen, wie sehr wir einander vermisst haben.

Es ist bereits mitten in der Nacht, als wir schließlich völlig erschöpft nebeneinanderliegen.

»Wie werden meine Tage ab morgen aussehen?«, stelle ich die Frage, die mir schon länger im Kopf herumschwirrt, auch wenn ich mir über den falschen Zeitpunkt durchaus bewusst bin. Aber morgen in der Früh fängt mein neues Leben hier tatsächlich an und wir haben zwar über vieles, aber nicht darüber geredet, wie ich in Blakes Alltag passe. Um die Schwere aus dem Thema zu nehmen, füge ich mit einem erotischen Unterton hinzu: »Du kannst mich schließlich nicht vierundzwanzig Stunden am Tag befriedigen.«

»Ich würde es versuchen«, erwidert Blake und schenkt mir einen Kuss, der aufgrund der vergangenen Stunden etwas weniger leidenschaftlich, dafür sanft und süß ausfällt. »Morgen in der Früh kommst du mit mir ins Büro und ich zeige dir deinen neuen Arbeitsplatz. Da wir gerade kleine Schwierigkeiten haben, muss ich wahrscheinlich länger dort bleiben als du. Deshalb steht dir der Abend zur freien Verfügung. Du kannst dir New York ansehen oder hierher kommen, um dich erst einmal einzuleben und an deine neue Umgebung zu gewöhnen. Ich beeile mich, so schnell wie möglich zu dir zu kommen und dir zumindest noch ein paar Stunden zu widmen, in denen ich dich befriedige, wie du es nennst.« Ein süffisantes Lächeln umspielt seinen Mund und ich fühle mich gleich etwas entspannter, auch wenn es mir nicht unbedingt behagt, an meinem ersten richtigen Abend in New York alleine zu sein. Aber Blake hat recht. Ich werde die Zeit nutzen, um meinen neuen Wohnort besser kennenzulernen.

»Gibt es in dem Haus auch ein Fitnessstudio?«

Blake sieht mich verwundert an. »Hast du dich mit mir noch nicht genug verausgabt? Willst du mehr? Das kannst du haben, Alicia. Ich bin jederzeit bereit für dich.« Um seine Worte zu unterstreichen, führt er meine Hand an seinen Schwanz, der tatsächlich schon wieder hart ist.

»Das freut mich zu sehen. Und zu spüren.« Ich knete seine Erektion, die dadurch noch größer wird. »Mir scheint, wer hier noch nicht genug hat, bist du.« Deshalb rutsche ich auch hinunter, um ihm mit meinem Mund zum nächsten Orgasmus zu bringen. Es ist erstaunlich, wie sehr ihn meine Berührungen erregen. Obwohl wir es gerade in allen erdenklichen Stellungen getan haben und beide mehrmals gekommen sind, kann er einfach nicht genug von mir bekommen. Alleine der Gedanke daran, wie sehr er mich begehrt, macht mich unglaublich an, was dazu führt, dass ich ihn umso gieriger in mich aufsauge, bis er sich schließlich mit einem lauten Stöhnen in mich ergießt.

»Du machst mich noch fertig, Alicia«, brummt er mir entgegen, bevor er sich revanchiert, mit seiner Zunge in meinen Schoß abtaucht, mich leckt und an mir saugt, bis auch durch mich der prickelnde Schauer eines Orgasmus fließt. Blake nimmt mich fest in die Arme und so ausgelaugt, aber gleichzeitig glücklich schlafen wir nebeneinander ein.

20

ALICIA

Meine erste Woche in New York war mittelmäßig. So sehr ich mich auf das Zusammenleben mit Blake gefreut habe, verbringen wir doch recht wenig Zeit miteinander. Es gibt irgendwelche Probleme in der Firma, über die er mit mir nicht reden will. Angeblich, um mich nicht unnötig zu belasten. Dabei würde ich ihm nur zu gerne helfen. Immerhin sind wir jetzt ein Team und sollten in allen Belangen zusammenhalten. Nur leider fühlt es sich für mich ganz und gar nicht so an.

Der Job, den Blake mir verschafft hat, ist zwar unglaublich gut bezahlt, fordert mich aber in keiner Weise, weshalb ich mich die meiste Zeit des Tages nur langweile. In meiner Freizeit habe ich bereits alle Sehenswürdigkeiten, die New York zu bieten hat, abgeklappert und verbringe deshalb die Abende alleine zu Hause. Blake kommt oft erst aus dem Büro, wenn ich längst schlafe. Wir sehen uns kurz in der Früh, bevor wir beide wieder in die Arbeit müssen, und reden selbst da nicht sonderlich viel miteinander. Ich sehe meinem Freund an, dass ihn etwas belastet, aber er öffnet sich mir nicht. Allmählich frage ich mich, was ich hier überhaupt soll. In Kalifornien hatte ich meine Familie, Freunde und eine Aufgabe, die mir Spaß machte. Aber hier komme ich mir unnötig vor.

Um mich selbst ein bisschen aufzuheitern und vielleicht doch noch in Erfahrung zu bringen, was Blake am Herzen liegt, habe ich den Entschluss gefasst, ihm in meiner Mittagspause einen Besuch abzustatten. Mit Sandwiches von der Bäckerei gegenüber und neuer Unterwäsche von La Perla ausgestattet, mache ich mich auf den Weg zu seinem Büro, das zwei Stock über meinem liegt.

»Mrs. Knight, Sie können jetzt nicht ...«, höre ich seinen Assistenten noch sagen, als ich schon die Klinke nach unten gedrückt habe und gerade dabei bin, die Tür zu öffnen. Zu spät halte ich inne, um von dem Bild, das sich mir in Blakes Büro bietet, verschont zu bleiben.

Als wäre er in seine Arbeit vertieft, lehnt er mit ernster Miene in seinem Stuhl. Doch direkt vor ihm, mit gespreizten Beinen und einem knappen Rock, der von Blakes Position aus nichts mehr verdecken kann, sitzt eine bildhübsche Frau auf seinem Schreibtisch.

Tränen schießen mir bei dem Anblick in die Augen, erst als es zu spät ist, merke ich, wie mir die Tüte vom Bäcker aus der Hand fällt. Zutiefst enttäuscht und geschockt drehe ich mich um und laufe in Richtung der Fahrstühle, von denen sich zum Glück einer immer noch in diesem Stockwerk befindet.

»Alicia«, höre ich Blakes Stimme hinter mir rufen, doch ich warte nicht auf ihn. Eilig drücke ich den Knopf für das Erdgeschoss und sehe gerade noch Blakes bestürzten Gesichtsausdruck, als sich die Türen schließen. Wie kann er mir das nur antun? Ich dachte, er liebt mich. Er war doch derjenige, der wollte, dass ich zu ihm nach New York ziehe und alles hinter mir lasse. Ich hätte mich nicht so sehr auf mein Herz verlassen, sondern meinem Verstand vertrauen sollen. Wie blöd kann man nur sein, zu denken, ein Frauenheld könnte sich von dem einen auf den anderen Tag ändern?

Als der Fahrstuhl im dritten Stock hält, wische ich mir hastig die Tränen von den Wangen. Es fehlt mir gerade noch, dass mich jemand so aufgelöst sieht. Also versuche ich, mich zusammenzureißen, bis ich das Gebäude verlassen habe, was nicht gerade einfach ist, denn im zweiten Stock legen wir schon wieder einen Zwischenstopp ein. Nach einer gefühlten Ewigkeit kommen wir endlich im Erdgeschoss an, ich steige aus, schaue weder nach rechts, noch nach links, will einfach nur noch hier raus. Da packt mich plötzlich jemand am Arm und hält mich auf. Im ersten Moment verstehe ich nicht, will mich losreißen, doch als die Person mich an sich zieht und festhält, wird mir klar, dass es sich um Blake handelt.

»Alicia, lauf nicht weg, bitte.« Der verzweifelte Klang seiner Stimme lässt mich aufhorchen. Der Schmerz in meiner Brust, seit ich meinen Freund mit dieser anderen Frau gesehen habe, ist unerträglich. Ich wünsche mir einfach nur, dass es eine richtig gute Erklärung dafür hat, damit es wieder so ist wie vorher. Im Moment wäre es mir lieber, eine Lüge zu hören, um diesen Mann nicht zu verlieren, als mich noch eine Sekunde lang so schlecht zu fühlen. Deshalb bleibe ich stehen und sehe ihn einfach nur an, während ich darauf warte, was er mir zu sagen hat.

»Können wir ein Stück zur Seite gehen, damit uns nicht jeder zuhört?«, bittet er mich und wir gehen gemeinsam hinter eine Ecke, in der wir ungestört reden können.

»Es ist nicht so, wie so es aussieht«, fängt er an und dieser klischeehafte Satz lässt die Vernunft in mir doch noch siegen. Ich möchte mit keinem Mann zusammen sein, der mich betrügt. Auch wenn es noch so sehr schmerzt, ihn zu verlieren. Ich schnaube laut auf, entreiße mich seinen Armen, die mich immer noch festhalten, und will mich gerade umdrehen, als er mich erneut aufhält. »Bitte, Alicia. Ich kann dir alles erklären. Diese Frau, sie hilft mir bei den Problemen in der Firma.«

Ein kraftloses Lachen entfährt meiner Kehle. »Und dafür ist es unabdingbar, dass sie mit gespreizten Beinen vor dir sitzt, oder wie? Für wie blöd hältst du mich eigentlich, Blake?« Wütend und kampfbereit sehe ich ihn an.

Er fährt sich hektisch durch seine Haare und seufzt auf, bevor er weiterspricht. »Sie ist meine Ex und ja, sie hat versucht, bei mir zu landen. Aber ich habe sie nicht angefasst, Alicia.«

»Und inwiefern sollte dir deine Ex bei deinen Problemen helfen können, sofern sie tatsächlich beruflicher Natur sind?«, frage ich sarkastisch, was mir einen mahnenden Blick von Blake einbringt.

»Okay, ich gebe zu, es ist meine Schuld, dich nicht eingeweiht zu haben. Aber unterstell mir nicht, ich hätte Firmenprobleme erfunden, um dich betrügen zu können, Alicia. Wenn ich das wollte, würde ich intelligenter vorgehen oder zumindest die Tür zu meinem Büro absperren.«

Mit noch immer vor Wut glühenden Augen sehe ich ihn an. »Du hast meine Frage nicht beantwortet.«

»Samantha hilft mir dabei, herauszufinden, wer sich in unser System eingehackt hat.«

»Das könnte doch mindestens genauso gut einer

deiner Angestellten tun«, sage ich noch immer misstrauisch.

»Nicht, wenn der Hacker einer von ihnen ist.«

Jetzt bin ich überrascht. Das würde bedeuten, einer meiner neuen Kollegen, also jemand, mit dem ich Tag für Tag zusammenarbeite, sabotiert das firmeninterne System.

»Weshalb sollte das einer deiner Mitarbeiter tun?«, frage ich ihn nun mehr interessiert als anklagend.

»Das weiß ich nicht. Aber er hatte Zugriff auf unsere Buchhaltung, unsere Verträge, einfach alles.«

»Hatte? Ihr habt das Problem also schon gelöst?«

»Nicht ganz. Wir haben eine Art Sicherheitsschild programmiert, der die Lücke erst einmal stopft, ohne dass der Angreifer es bemerkt.«

»Ihr spielt ihm also vor, er wäre noch unentdeckt geblieben?«

»Richtig. Nur so können wir herausfinden, wer es war. Gleichzeitig versuchen wir zu eruieren, was er alles angerichtet hat. Er ist gut und hat nur wenige Spuren hinterlassen. Wir müssen also alles prüfen.«

Die Erkenntnisse prasseln auf mich nieder und ich versuche, die Informationen, die ich gerade bekommen habe, zu verarbeiten.

»Wieso hast du mich nicht um Hilfe gebeten? Warum musste es ausgerechnet deine Ex sein?«, will ich herausfinden, was mir gerade am meisten auf dem Herzen liegt. »Vertraust du mir nicht?«

Blake streicht mir mit seinen Fingern sanft über meine Wange. »Ich wollte dich damit nicht belasten. Du bist gerade erst hierher gezogen und sollst das Gefühl haben, ich kümmere mich um dich. Nicht umgekehrt.«

»Und da dachtest du, es wäre besser, deine Ex antanzen zu lassen und bis spätabends mit ihr alleine in deinem Büro zu sein?«

»Wir waren nicht alleine. Mein Assistent ist schließlich auch noch hier.«

»Ja, außerhalb des Raumes, wo er die Tür bewacht, damit euch bloß niemand stört. Blake, ich bin nicht blöd. Ich habe mit eigenen Augen gesehen, wie sie bereits die Beine für dich breit gemacht hat.«

»Dann hast du auch gesehen, dass ich nicht darauf eingegangen bin.«

»Noch nicht. Was, wenn ich ein paar Minuten später aufgetaucht wäre?«

»Dann hätte ich sie längst in ihre Schranken gewiesen und dir wäre der Anblick erspart geblieben. Verdammt noch mal, Alicia. Glaubst du wirklich, ich würde dich bei der erstbesten Gelegenheit betrügen? Hier …« Er nimmt meine Hand und führt sie an seinen Schritt, wo ich eine deutliche Erregung spüren kann. »So reagiere ich, wenn ich dich nur ansehe. Ich brauche keine andere Frau, wenn ich dich haben kann.«

»Wieso hatten wir dann kaum Sex, seit ich hier bin?«, frage ich ihn schon ein bisschen weniger aufgebracht.

»Ginge es nach mir, würde ich dich die ganze Zeit über ficken. Aber ich bin nun mal von früh bis spät in meinem Büro.«

»In dem dich nur deine Ex besuchen und die Beine spreizen darf«, entkommt es mir und als ich Blakes Gesichtsausdruck sehe, bereue ich meine Worte sofort. Er beißt seine Kiefer zusammen und sieht mich mit glühendem Blick an. Anstatt zu antworten, packt er erneut meinen Arm und schleift mich mit sich zu den Fahrstühlen.

»Was soll das, Blake?« Er antwortet nicht, starrt nur geradeaus. Nach wenigen Momenten sind wir auch schon in dem Stockwerk angekommen, in dem sich sein Büro befindet.

»Ich will nicht gestört werden«, schnauzt er seinen Assistenten an, bevor er die Tür hinter uns abschließt und mich gegen die Wand drückt.

»Du willst es also hier mit mir treiben, Alicia?«, raunt er mir ins Ohr und ich schlucke hart, als er meinen Rock nach oben schiebt.

»Dreh dich um«, befiehlt er mir und ich gehorche. Ich höre, wie er den Reißverschluss seiner Hose öffnet und seine Erektion gegen meinen Hintern presst. »Spürst du, wie sehr ich dich will, Alicia? Nur dich?«

»Ja«, wispere ich voller Erwartungen.

»Gut. Dann beug dich nach vorne. Stütz dich mit den Händen an der Wand ab. Ich gebe dir jetzt, was du brauchst.« Sofort werde ich feucht vor Vorfreude, meine Vagina zieht sich zusammen, nur weil ich noch immer Blakes Schwanz an meinem Po spüre. Also stütze ich mich ab und strecke mich ihm entgegen, damit er in mich eindringen kann. Er umfasst mit der rechten Hand meine Taille und fährt mit der linken unter meine Bluse, wo er gierig meine Brust knetet. Bereits mit dem ersten Stoß füllt er mich vollständig aus.

»Ist es das, was du willst, Alicia?«, fragt er, während er wieder und wieder hart zustößt.

»Ja«, stöhne ich beglückt auf. »Ja, das will ich.«

Die Hand, die meine Taille gehalten hat, bahnt sich ihren Weg zu meiner Klit, wo Blake beginnt, mich zusätzlich mit seinen Fingern zu stimulieren. Ich spüre, wie sich alles in mir zusammenzieht, und bin kurz davor zu kommen.

»Ja, komm für mich, Alicia«, raunt Blake mir ins Ohr. In diesem Moment entlädt sich in mir die ganze Anspannung und ich komme mit einem gewaltigen Orgasmus. Ich habe das Gefühl, den Boden unter den Füßen zu verlieren, doch Blake hält mich fest, stößt noch einmal tief in mich, bevor er selbst zum Höhepunkt kommt und mich noch eine Weile fest umklammert hält.

»Glaubst du noch immer, ich könnte jemals scharf auf eine andere sein?«, flüstert er mir zärtlich zu. Ich befreie mich aus seiner Umarmung, um mich zu ihm umzudrehen und ihn mit all der Liebe, die ich für diesen Mann empfinde, zu küssen.

»Nein. Du gehörst mir, wie ich dir gehöre«, versichere ich ihm und die Anspannung, die zuvor noch in seinem Gesicht zu sehen war, weicht einem liebevollen Lächeln.

21

ALICIA

So ganz lässt mich die Szene mit Blake und seiner Ex nicht los. Denn selbst nachdem er mich in die Probleme der Firma eingeweiht hat, kam er nicht auf die Idee, mich um Hilfe zu bitten und diese Frau, die sich so offenkundig an ihn rangemacht hat, rauszuwerfen. Im Gegenteil. Ich habe sie einige Male im Eingangsbereich gesehen, als ich mittags aus dem Büro ging oder rechtzeitig nach meiner Mittagspause wieder zurückgekommen bin. Langsam frage ich mich, warum sie ausgerechnet zu dieser Zeit hier auftaucht. Die einzige Zeit des Tages, in der Blake eigentlich frei haben sollte. Mich hat er jedenfalls kein zweites Mal zu sich hoch geholt. Andererseits weiß ich, dass ich ihm vertrauen muss. Ansonsten könnte ich gleich meine Koffer packen und zurück nach San Francisco fliegen, weil unsere Beziehung so keinen Sinn mehr hätte.

Argh. Ich habe viel zu viel Zeit nachzudenken. Dieser Job macht mich noch wahnsinnig. Ich langweile mich zu Tode. Um wenigstens etwas Sinnvolles zu tun, hole ich mein Handy aus der Tasche und rufe Rosie an. Wir haben uns schon viel zu lange nicht mehr gehört und ich brauche jemanden, dem ich mein Leid klagen kann. Schon nach dem zweiten Läuten nimmt sie ab.

»Alicia, welch freudige Überraschung. Ich dachte schon, du hättest dir in New York neue Freunde gefunden und bräuchtest mich nicht mehr.« Zum Glück lacht sie und ich weiß, dass sie es nicht ernst meint.

»Ach Quatsch. Ich vermisse dich fürchterlich, Rosie. Abgesehen von Blake habe ich hier niemanden. Und mein Job ist, gelinde gesagt, langweilig. Wann kommst du mich endlich besuchen?« Mir ist bewusst, dass Rosie ihre eigenen Sorgen hat, deshalb möchte ich mich nicht zu sehr bei ihr ausweinen, aber vielleicht tut es uns beiden gut, wenn wir uns endlich mal wieder sehen und richtig miteinander quatschen können.

»Hmm ... Das könnte noch eine Weile dauern. Mein Dad hat ein Kaufangebot für seine Firma bekommen und ich unterstütze ihn, bis alles glatt über die Bühne gegangen ist.«

»Wow, das ist aber jetzt doch schnell gegangen.«

»Ja, nicht? Wir haben uns darauf geeinigt, dass ich mir erst einen Job suche, wenn das geregelt ist. So habe ich vorerst keinen Druck und er wird ein wenig entlastet.«

»Und wer ist der Käufer? Jemand von dem IT-Event?« Soweit ich mich erinnern kann, hat sich dort niemand positiv geäußert. Aber man weiß nie. Menschen können ihre Meinung ändern. Vielleicht musste auch ein Angestellter erst mit seinen Vorgesetzten reden. Diese bürokratischen Wege, die in manchen Unternehmen herrschen, können eine Verhandlung ganz schön in die Länge ziehen.

»Das will Dad mir noch nicht verraten. Du weißt ja, wie er ist, der alte Geheimniskrämer.« Rosie wirkt viel ausgelassener als noch vor ein paar Wochen. Ihr muss ein Stein vom Herzen gefallen sein, als sie von dem Verkauf erfahren hat.

»Na ja, Hauptsache, es läuft reibungslos ab und dein Dad bekommt alle Forderungen erfüllt.«

»Ganz bestimmt. Andernfalls verkauft er nicht und wir müssen eben weitersuchen. Aber jetzt erzähl endlich. Wie ist New York? Warst du schon auf der Freiheitsstatue? Wie gefällt dir Blakes Wohnung? Konntest du dich zumindest ein bisschen einleben? Sollte es doch eine neue beste Freundin geben, kannst du es mir ruhig sagen. Ich komme dann und zeig ihr, was Sache ist«, lacht Rosie und ich stimme ein. Sie ist einfach die Beste und kann mich immer aufmuntern.

»Keine neue beste Freundin, versprochen. Ich wünschte, ich hätte wenigstens irgendjemanden, mit dem ich mal ausgehen könnte. Blake ist Tag und Nacht am Arbeiten. Wir sehen uns kaum. Also um deine Frage zu beantworten: Seine Wohnung gefällt mir. Wäre das nicht der Fall, würde ich mittlerweile ausrasten, da ich kaum etwas anderes zu Gesicht bekomme. Außer dem Büro natürlich. Und hier habe ich eine Aufgabe bekommen, die ein Erstsemester erledigen könnte.«

Nach diesem Redeschwall herrscht erst einmal Stille am anderen Ende der Leitung. »Rosie? Bist du noch dran?«, frage ich nach einer Weile.

»Ja, ich bin noch dran. Weißt du was, ich komme nächste Woche zu dir. Was hältst du davon?«

Mit einem Schlag ist meine schlechte Stimmung verflogen und ich werde von Vorfreude auf den Besuch meiner besten Freundin erfüllt.

»Das wäre super, Rosie. Du musst dir auch kein Hotelzimmer nehmen. Du schläfst einfach bei uns. Dann machen sich die unzähligen Schlafzimmer endlich einmal bezahlt«, biete ich ihr lachend an.

»Perfekt. Ich organisiere mir einen Flug und gebe dir Bescheid.«

»Danke, Rosie. Ich freu mich auf dich.«

»Und ich mich auf dich.«

Nachdem wir uns verabschiedet haben, gehe ich gleich viel beschwingter an meine Arbeit. Nur noch ein paar Tage, dann sehe ich meine beste Freundin endlich wieder. Trotzdem werde ich noch einmal mit Blake reden müssen. Schließlich kann Rosie nicht auf Dauer sein Fehlen ausgleichen.

22

BLAKE

Alicia ist unglücklich in New York, dessen bin ich mir leider nur allzu bewusst. Der Job, den ich für sie vorgesehen habe, um sie nicht gleich am Anfang zu überfordern, langweilt sie. Mich bekommt sie so gut wie gar nicht zu Gesicht, wofür dieser blöde Hackerangriff in meiner Firma verantwortlich ist. Ich stehe noch früher auf als sonst und komme erst nach Hause, wenn Alicia längst schläft. So habe auch ich mir das Zusammenleben nicht vorgestellt. Zumindest in den ersten Wochen wollte ich vollkommen für sie da sein. Nun, das kam dann wohl anders. Um das wiedergutzumachen, habe ich uns einen Kurzurlaub organisiert und ein Haus in den Hamptons gemietet. Nach dem Vorfall mit Samantha, meiner Ex, tut es uns bestimmt gut, aus der Stadt rauszukommen und nur für uns zu sein.

Leise schleiche ich die Treppe zu unserem Schlafzimmer nach oben. Es ist wieder einmal spät geworden. Trotzdem will ich Alicia aufwecken und ihr die Neuigkeiten erzählen, damit wir morgen zeitig in der Früh losfahren können. Als ich die Tür öffne und sie in unserem großen Bett liegen sehe, ein Bein um die Decke geschlungen, ihre langen Haare auf dem Kopfkissen verteilt, weiß ich, dass ich die richtige Entscheidung getroffen habe. Ich möchte diese Frau glücklich machen. Und wenn das bedeutet, meine Firma zwei Tage alleine zu lassen, dann ist das eben so. Wofür gibt es schließlich Smartphones.

Ich setze mich auf die Bettkante und streichle Alicia über die nackte Schulter, worauf sie mit einem leisen Seufzen reagiert.

»Alicia, mein Liebling, wach auf.«

»Blake? Ist irgendwas passiert?« Eilig setzt sie sich auf und sieht sich suchend in dem Raum um, als könnte sie die Antwort auf ihre Frage dort finden. Ich nehme ihr Gesicht behutsam in meine Hände, um sie zu beruhigen.

»Alles in Ordnung, Alicia. Ich habe eine Überraschung für dich und konnte nicht länger damit warten.«

Der Ausdruck in ihren Augen wechselt von Sorge zu Neugier. Sie lächelt mich verschmitzt an, während sie mich fragt, womit ich sie überraschen möchte.

»Was würdest du davon halten, das Wochenende in den Hamptons zu verbringen?«

Ihre Miene verfinstert sich. Sie wirkt enttäuscht. »Ich weiß nicht, Blake. Ich meine, ich kenne doch auch dort niemanden und so ganz alleine ...«

»Pscht«, unterbreche ich sie und bin erleichtert, weil sie offenbar davon ausgeht, ich würde sie nicht begleiten wollen. »Ich komme doch mit.«

Jetzt sieht sie mich mit großen Augen an. »Ist das dein Ernst? Schlägst du mir gerade einen gemeinsamen Kurzurlaub vor, Blake?«

»Ganz richtig«, gebe ich zurück und stupse mit dem Finger auf ihre Nasenspitze.

»Wow, das ist toll. Natürlich freue ich mich darüber.« Sie strahlt und wirkt sofort wie ausgewechselt. Offenbar habe ich mit meiner Idee genau ins Schwarze getroffen. »Aber geht das überhaupt? Du kannst doch deine Firma jetzt nicht einfach im Stich lassen.«

»Mach dir darüber mal keine Gedanken, Alicia. Ich habe das alles geregelt. Es ist in Ordnung.« Ist es nicht. Aber das braucht sie nicht zu wissen. Sie ist mir wichtiger als alles andere auf der Welt. Samantha wird hier die Stellung halten und weiterhin versuchen, herauszufinden, wie die Ungereimtheiten im Buchungssystem entstehen konnten.

Der Mitarbeiter, auf dessen Arbeitsplatz wir die Aktivitäten zurückverfolgen konnten, schwört Stein und Bein, nichts dergleichen getan zu haben.

Normalerweise würde ich ihm nicht glauben. Aber er arbeitet schon seit Jahren für uns und hat uns nicht erst einmal mit seiner Arbeit viel Geld eingebracht, wofür er auch stattlich entlohnt wurde. Er hat also keinen Grund dafür. Irgendjemand muss an seinem Platz gewesen sein. Jemand, der sich bei uns genauestens auskennt. In Wahrheit ist es also noch übler, als ich dachte, aber wir sind dem Übeltäter zumindest einen Schritt näher gekommen.

»Wann fahren wir los?«, fragt Alicia, die von meinen Gedanken natürlich nichts mitbekommt, nach.

»Morgen in der Früh. Du solltest jetzt also wieder schlafen. Je eher wir wegkommen, desto mehr haben wir von unserem Urlaub.«

Natürlich haben wir nicht gleich geschlafen. Erst hat Alicia mir ihre Dankbarkeit auf ihre ganz spezielle Art und Weise gezeigt. Trotzdem haben wir es irgendwie geschafft, noch vor acht Uhr loszufahren, und sind nun in einem wunderschönen Haus direkt am Strand. Im Vergleich zu meinem Penthouse, wo alles sehr minimalistisch und modern eingerichtet ist, strahlt dieses Haus eine gemütliche Wärme aus. Der Gedanke, hier eine Familie zu gründen, schießt mir durch den Kopf, doch im nächsten Moment zieht das Läuten des Telefons meine Aufmerksamkeit auf sich. Ein Blick genügt, um zu wissen, dass Alicia nicht erfreut sein wird.

»Geh du ruhig schon zum Meer hinunter, ich komme gleich nach«, sage ich zu meiner Freundin und gebe ihr einen Kuss. Erst als sie durch die Terrassentür nach draußen gegangen ist, hebe ich ab.

»Samantha, ich habe doch gesagt, du sollst mich nur im Notfall anrufen. Ich bin mit Alicia zusammen.«

23

ALICIA

In den Hamptons ist es einfach atemberaubend schön. Ich verstehe, wieso die New Yorker hier ihre Ferien verbringen. Wobei, ich würde am liebsten das ganze Jahr über hier sein. Das Haus, das Blake für uns gemietet hat, ist einfach ein Traum. Es liegt direkt am Meer, verfügt zusätzlich über einen Garten, der eher die Bezeichnung Park verdient hätte, und einen großen, beheizten Pool, falls das Meer doch zu kalt sein sollte. Ich könnte es hier ewig aushalten.

Meine Begeisterung wird nur durch Blakes Handy getrübt, das pausenlos läutet. Kaum sitzen wir einmal fünf Minuten gemütlich beisammen, verabschiedet er sich schon wieder ins Arbeitszimmer zum Telefonieren. Zusammengerechnet hatten wir bestimmt noch keine Stunde am Stück Zeit für uns. Dabei sind wir jetzt schon den zweiten

Tag hier und müssen morgen wieder nach Hause fahren. Um ins Büro zu gehen. Ich verstehe wirklich gut, dass Blake zu tun hat, weil es diese Probleme in seiner Firma gibt. Aber weshalb er mich hierher eingeladen hat, wenn er doch nur arbeiten muss, erschließt sich mir nicht ganz.

Gerade konnte ich ihn dafür begeistern, mit mir in den Pool zu gehen, läutet sein Telefon schon wieder und ich kann nicht anders, als die Augen zu verdrehen. Blake geht aus dem Wasser, trocknet sich ab und verschwindet samt Handy im Haus. Ich versuche zwar, das Beste daraus zu machen und alleine ein paar Längen zu schwimmen, aber nach einiger Zeit reicht es mir. Ich versuche, mich mit einer Zeitschrift abzulenken, die ich auf einer der Liegen neben dem Pool lese. Doch als er nach einer weiteren Stunde noch immer nicht wieder zurück ist, beschließe ich, das Problem auf andere Weise zu lösen. Ich schwinge mich von der Sonnenliege hoch und gehe zu Blakes Arbeitszimmer. Gerade als ich nach dem Türknauf greifen will, höre ich seine Stimme und ziehe meine Hand zurück.

»Samantha, du hast mich verlassen. Vergiss das bitte nicht.«

Mein Herz zieht sich vor Eifersucht zusammen. Sie versucht schon wieder, sich an ihn ranzumachen. Obwohl er gerade mit mir zusammen ist. Oder weiß sie es gar nicht? Das würde erklären, weshalb das Telefon ständig läutet, obwohl wir hier im Urlaub sind. Wollte er sie schonen? Oder hält er sich seine Ex doch warm, falls das mit uns nicht hält? Alle möglichen Gedanken schießen mir durch den Kopf und ich muss daran denken, wie diese Samantha mit gespreizten Beinen auf Blakes Schreibtisch saß. Ob er ihr wirklich widerstanden hätte?

Ich schüttle meinen Kopf, um die düsteren Gedanken loszuwerden. Nein. Er hat mir versichert, mir treu zu sein, und ich glaube ihm. Noch einmal spitze ich meine Ohren, aber sie haben das Thema gewechselt. Es geht um irgendwelche Zahlen. Ich nehme mir ein Herz und öffne die Tür nun doch. Als Blake mich erblickt, gibt er mir mit einer Handbewegung zu verstehen, er würde nur noch fünf Minuten brauchen. Ja, klar. Diesmal lasse ich mich nicht so leicht abwimmeln.

Ich streife mir die Träger meines Bikinioberteils von den Schultern, öffne den Verschluss an der Vorderseite und lasse das lästige Teil zu Boden fallen. Freudig nehme ich zur Kenntnis, dass Blake mich ganz genau beobachtet. Also mache ich weiter. Langsam streife ich mir das Höschen ab und lasse auch das achtlos liegen, während ich mich Blake, der mich neugierig mustert, nähere. Das dürfte meinen Freund ganz schon aus der Fassung bringen, denn er räuspert sich kurz, bevor er seinem Gesprächspartner, der vermutlich Samantha heißt, versichert, dass er noch am Apparat ist. Doch von derlei Unwichtigkeiten lasse ich mich nicht ablenken. Elegant setze ich mich direkt vor ihm auf den Schreibtisch, spreize meine Beine und beginne damit, mich selbst zu berühren. Blake zieht scharf die Luft ein, als ich mit meiner rechten Hand meine Klit stimuliere, während ich mit der Linken meine Brust massiere. Seine Stimme, als er anscheinend eine Frage beantwortet, ist rau, sein Blick lüstern. Es ist offensichtlich, dass er das Gespräch nicht einfach so beenden kann, aber das stört mich nicht. Im Gegenteil. Ich finde Gefallen daran, ihn zu reizen.

Um meinem Freund noch mehr Einblick zu gewähren, hebe ich mein linkes Bein und stelle den Fuß auf der Schreibtischplatte ab. Meinen Oberkörper strecke ich leicht nach hinten. Lustvoll werfe ich den Kopf in den Nacken, als ich mit einem Finger in mich eindringe. Als ich den Blick wieder auf Blake richte, weiß ich genau, wie sehr er sich bemühen muss, um nicht die Beherrschung zu verlieren. Dieses Verlangen in seinem Blick lässt meinen Unterleib sich vor Verzückung zusammenziehen und ich spüre, wie ich immer erregter werde. Diese Situation macht mich unglaublich an. Obwohl ich mich beherrsche, keinen Laut von mir zu geben, entweicht mir doch ein leises Stöhnen. Blakes Augen funkeln gefährlich auf. Ich weiß, dass auch er sich nicht mehr länger beherrschen kann. Er beendet das Telefonat und ergreift sofort meine

Hand, die mich schon bis kurz vor den Höhepunkt gebracht hat.

»Lass mich das zu Ende bringen.« Das war eher ein Befehl als eine Bitte. Hektisch befreit er sich aus seiner Hose, was seine gewaltige Erektion entblößt. Ohne Umschweife dringt er sofort tief in mich ein. Ich bin schon längst bereit für ihn und habe mich selbst in einen Zustand versetzt, in dem nicht mehr viel fehlt, um den Höhepunkt zu erreichen. Bereits nach dem dritten Stoß fühlt es sich an, als würde mein Körper zerspringen und ich komme mit einem gewaltigen Orgasmus. Das pulsierende Zusammenziehen meiner Vagina gibt auch Blake den Rest, der sich stöhnend in mich ergießt.

»Du bist so schön, Alicia. Dich so zu sehen, bringt mich um den Verstand«, sagt Blake, als er sich einigermaßen wieder erholt hat.

»Das war keineswegs mein Ziel. Ich wollte einfach nur deine Aufmerksamkeit«, gebe ich zuckersüß zurück.

»Die hast du. Egal, was ich tue, ich denke immer an dich, Alicia.«

In dem Moment läutet schon wieder das Telefon und ich seufze laut auf.

»Du bist ein sehr begehrter Mann, Mr. Sutton.« Ich mache Anstalten aufzustehen, doch Blake hält mich zurück.

»Ich will nur von dir begehrt werden. Alles andere interessiert mich nicht.« Er drückt den

Anruf tatsächlich weg. Danach schiebt er seine Hände unter meinen Po, hebt mich hoch und trägt mich ins Schlafzimmer. Dort angekommen, wirft er mich aufs Bett und sieht mich mit einem Funkeln in den Augen an. »Ich kann nicht genug von dir bekommen. Du bist die erste Frau, die ich so sehr begehre. Intelligent und schön. Die perfekte Mischung. Du hast mich vollkommen eingenommen, Alicia.«

»Und Samantha?«, rutscht es aus mir heraus, bevor ich darüber nachdenken kann. Es ist nicht gerade die beste Situation, um die Ex zu erwähnen. Doch Blake scheint nicht sauer zu sein. Er lächelt mich sanft an.

»Seit ich dich kenne, weiß ich, dass das zwischen mir und Samantha keine echte Liebe war.«

Erstaunt sehe ich Blake an. Ich kann nicht verhindern, ein breites Lächeln im Gesicht zu haben.

»Hast du mir gerade gesagt, dass du mich liebst?«

»Natürlich liebe ich dich, Alicia. Mehr als mein eigenes Leben.«

Mit Freudentränen in den Augen ziehe ich Blake, der noch immer vor dem Bett steht, zu mir herab. »Ich liebe dich auch, Blake.« Diesmal bin ich diejenige, die sein Gesicht in beide Hände nimmt und ihn küsst.

»Sieh nur, was du mit mir machst«, sagt er und deutet auf seinen Schwanz, der schon wieder bereit für mich ist.

Ich nehme seine Hand und führe sie an meine intimste Stelle. »Und das machst du mit mir«, sage ich zu ihm, während er spüren kann, wie nass ich schon wieder bin.

Doch anders als vorhin lieben wir uns diesmal sanft und voller Gefühl. Fast vergesse ich, wie wenig Zeit Blake in diesem Urlaub für mich hatte.

24

ALICIA

»Ich kann nicht fassen, dass du endlich hier bist«, falle ich meiner besten Freundin in der Ankunftshalle des Flughafens in die Arme.

»Ach, tu nicht so, als hätte dich Blake nicht auf Trab gehalten«, winkt Rosie ab, drückt mich aber mindestens genauso intensiv wie ich sie. Erst jetzt wird mir so richtig bewusst, wie sehr ich eine Freundin hier in New York vermisst habe. Telefongespräche können ein echtes Treffen nun mal nicht ersetzen.

»Ich hab dir so viel zu erzählen. Aber erst fahren wir mal zu uns nach Hause, damit wir diesen Koffer loswerden. Wie lange hast du vor zu bleiben?«, frage ich sie mit einem gespielt entsetzten Blick auf das monströse Gepäckstück.

Rosie zuckt mit den Schultern und grinst mich

an. »Man weiß ja nie. Vielleicht lerne ich auch einen reichen New Yorker kennen und bleibe gleich hier.«

Gleichzeitig verfallen wir in schallendes Gelächter, was uns missbilligende Blicke der umstehenden Menschen einbringt.

»Wir sollten besser von hier verschwinden«, sage ich deshalb zu Rosie, schnappe mir ihren Koffer und gemeinsam machen wir uns auf den Weg zum Ausgang, wo Blakes Limousine auf uns wartet. Cliff kommt mir sofort entgegengestürmt, um mir das Gepäckstück abzunehmen. Erst wollte er mich gar nicht alleine in die Ankunftshalle gehen lassen, aber ich habe ihm versichert, ein großes Mädchen zu sein, das gut auf sich selbst aufpassen kann.

Jedenfalls hält er uns formvollendet die Tür des Wagens auf und ich beobachte Rosies Gesichtsausdruck, als sie sich neben mich setzt.

»Wow. Was für ein Service. Von dir lasse ich mich öfter vom Flughafen abholen. Ist das etwa Champagner?«, fragt sie mit einem verblüfften Grinsen im Gesicht, als sie die Flasche entdeckt, die Blake extra für uns angefordert hat.

»Eine kleine Aufmerksamkeit von Blake. Er will, dass wir uns richtig amüsieren.« Dass er mich allerdings davor gewarnt hat, zu sehr über die Stränge zu schlagen oder gar mit einem anderen Typen zu tanzen, erzähle ich Rosie besser nicht. Sie muss nicht wissen, wie eifersüchtig er ist. Vor allem, da es mir nicht anders ginge, würde er mit einem Freund um die Häuser ziehen. Und das haben wir auf alle Fälle vor. Schon am Telefon haben wir besprochen, dass wir diese Nacht die besten Klubs besuchen werden, die New York zu bieten hat. Tipps dafür habe ich mir von meinem Freund geholt, der vor unserer Beziehung schließlich ein ganz großer Partygänger war. Er hat mir vor allem die Klubs empfohlen, die seinem besten Freund Adam gehören. Wahrscheinlich, weil er so auch ohne seine Anwesenheit ein wenig Kontrolle über mich hat. Aber mir soll es recht sein. Immerhin habe ich nicht vor, ihn zu betrügen.

»Dann lass uns mal anfangen«, erwidert Rosie auf meine Erklärung bezüglich der Champagnerflasche, nimmt sie in die Hand und öffnet sie gekonnt. Schnell halte ich ihr zwei Gläser entgegen, damit die teure Flüssigkeit nicht auf dem Boden landet.

»Auf unser gemeinsames Wochenende in New York.« Ich halte ihr mein gefülltes Glas entgegen und mit einem Klirren stoßen wir an.

Als wir in Blakes Penthouse ankommen, prickelt der Champagner in meinem Magen nach und auch unsere Stimmung ist bereits noch gelöster. Der Alkohol zeigt also seine erste Wirkung.

»Hier wohnst du jetzt? Ich meine, du hast mir Fotos gezeigt. Aber dass es so riesig ist, hätte ich nicht gedacht. Verläufst du dich nicht regelmäßig? Ich würde abends wahrscheinlich ewig brauchen, um ins richtige Schlafzimmer zu finden.«

Okay, zugegeben, Blakes Penthouse ist für zwei Personen eigentlich viel zu groß. Wir haben vier Schlafzimmer, brauchen aber nur eines. Seit ich in New York bin, stehen wir jetzt zum ersten Mal vor der Situation, dass wir einen Gast bei uns zu Hause haben, der auch hier übernachtet. Laut Blake war das früher nicht viel anders. Vielleicht hat Adam das ein oder andere Mal hier übernachtet, aber ansonsten war es das auch schon. Die Frauen, die Blake mit nach Hause genommen hat, brauchten schließlich kein eigenes Zimmer. Alleine bei dem Gedanken daran kocht die Eifersucht in mir hoch, also verdränge ich gleich wieder, was vor meiner Zeit hier passiert ist. Wichtig ist, dass ich mich im Grunde wohlfühle, auch wenn mir ein gemütliches Haus mit Garten, zum Beispiel so wie wir es in den Hamptons hatten, lieber wäre. Ich nehme mir vor, Blake in der nächsten Zeit einmal darauf anzusprechen. Aber jetzt möchte ich einfach nur, dass Rosie sich wohlfühlt.

»Dafür darfst du dir dein Zimmer für die nächsten Nächte selbst aussuchen.« Ich führe meine beste Freundin durch die verschiedenen Räume, die alle relativ gleich ausgestattet sind, nur in verschiedenen Farben gehalten wurden, und muss grinsen, als sie sich für den in einem sanften Roséton gehaltenen Raum entscheidet.

»Ich wusste, du würdest dieses hier nehmen.«

»Bin ich so durchschaubar?«

»Und wie!«

Lachend verstauen wir Rosies Klamotten in dem Schrank gegenüber dem Bett und wählen schon einmal die besten Teile für den heutigen Abend aus.

»Was hältst du von dem weißen Rock und der schwarzen Bluse?«

»Super. Dann ziehe ich mir einen schwarzen Tüllrock mit einer weißen Bluse an und wir passen farblich zusammen. Ich hätte auch die perfekten Schuhe für dich, wenn du willst«, biete ich ihr an und laufe schnell zu dem Schrankraum, in dem sich mein Hab und Gut befindet. Als ich mit einem Paar goldener High Heels zurückkomme, staunt Rosie nicht schlecht und reißt mir die Schuhe sofort aus der Hand, um sie anzuprobieren.

»Die sind wirklich perfekt«, sagt sie mit einem Leuchten in den Augen. Doch im nächsten Moment wird ihr Ausdruck ernster und sie mustert mich von oben bis unten. »Du hast dich ganz schön verändert, Alicia.«

»Wie meinst du das? Ich bin doch noch immer die Alte.«

»Schon. Aber du machst mehr aus dir. Außerdem strahlst du so. Ehrlich gesagt habe ich nicht damit gerechnet, dich so gut gelaunt vorzufinden, nachdem du dich das letzte Mal am Telefon bei mir ausgeheult hast. Ich glaube, Blake tut dir gut, auch wenn ihr noch ein bisschen Zeit braucht, euch an das Zusammenleben zu gewöhnen.«

Ich brauche kurz, um mich von dieser Ansage zu erholen. In letzter Zeit dachte ich, Blake und ich würden es nicht schaffen, weil wir uns so selten sehen und ich mich in New York nicht recht wohlfühle. Aber wenn ich auf mein Herz höre, weiß ich nach wie vor, dass die Entscheidung, hierher zu kommen, die richtige war. Ich liebe Blake und das ist alles, was zählt.

»Wahrscheinlich hast du recht. Trotzdem bin ich froh, endlich wieder mit meiner besten Freundin auf den Putz hauen zu können. Also ab mit dir ins Badezimmer. Ich mach mich auch schnell fertig. Wo mein Zimmer ist, weißt du ja, falls du etwas brauchst.«

»Ja, klar. Danke.«

Mit diesen Worten verabschieden wir uns. Rosie will sich natürlich frisch machen nach dem sechsstündigen Flug. Ich bin gespannt, wie lange sie es heute überhaupt aushält. Auch ich nutze die Zeit, um noch kurz unter die Dusche zu springen, bevor ich mir das besprochene Outfit anziehe. Ich lege mir gerade eine Kette um, als es an meiner Tür klopft.

»Herein.«

Rosie betritt den Raum und ist tatsächlich schon komplett in Schale geworfen. Sie sieht umwerfend aus in dem Rock und der Bluse, die sanft ihre Figur umschmeicheln. »Wie lange brauchst du denn? Ich dachte, ich hätte gerade einen ewig langen Flug hinter mir«, macht sie sich über mich lustig. Dabei habe ich einfach nicht damit gerechnet, dass sie so schnell fertig sein würde. Zu Hause in Palo Alto brauchte sie immer eine Ewigkeit.

»Nur noch die Ohrstecker, dann können wir los«, verspreche ich ihr und keine zwei Minuten später verlassen wir gemeinsam das Wohnhaus, um uns von Cliff zu unserem ersten Ziel bringen zu lassen.

Wir verbringen diese Nacht damit zu tanzen, herumzualbern, aufdringliche Männer abzuwimmeln und viel zu viel zu trinken. Dabei gefällt es uns in dem ersten Klub so gut, dass wir ihn erst in den frühen Morgenstunden und völlig angetrunken verlassen. Obwohl ich bestimmt keine gerade Linie mehr gehen kann und sonst auch gar nicht der Partytyp bin, bin ich doch überglücklich, die Zeit mit meiner besten Freundin so ausgelassen genießen zu können. Selbst in den letzten Wochen, in denen ich noch in Kalifornien war, hatten wir keine richtige Gelegenheit, zusammen auszugehen. Immerhin haben wir für unsere Abschlussprüfung gelernt und nebenbei noch gearbeitet. Da war nicht viel Raum für durchgemachte Partynächte.

»Pscht. Wir müssen leise sein. Blake schläft bestimmt schon«, flüstere ich Rosie kichernd zu, als der Aufzug uns ins Penthouse bringt. Doch als sich die Türen öffnen, brennt Licht, was mich so sehr verwundert, dass ich ein Stückchen nüchterner werde.

»Wie ich sehe, hattet ihr eine amüsante Nacht. Schön, euch wohlbehalten zurück zu wissen«, begrüßt Blake uns, als wir eintreten. Er kommt auf mich zu und gibt mir einen Kuss. Anschließend begrüßt er auch Rosie. Erst jetzt fällt mir auf, dass er einen Anzug trägt.

»Bist du auch gerade erst nach Hause gekommen?«, frage ich ihn, obwohl er nicht so aussieht, als hätte er die Nacht durchgemacht.

»Nein, ich bin gerade dabei zu gehen. Es ist sechs Uhr morgens. Ich muss ins Büro. Auch wenn wir Wochenende haben, gilt das im Moment leider nicht für mich«, erklärt er mit einem entschuldigenden Blick in Richtung Rosie. »Aber ich habe für euch ein Frühstück vorbereiten lassen. Ihr könnt es jetzt essen oder zuerst schlafen gehen. Ganz wie ihr wollt.«

Ich strahle meinen Freund an und bin in diesem Moment unglaublich erleichtert darüber, dass er mir keine Szene macht, weil wir erst so spät hier auftauchen. Mir war gar nicht bewusst, wie sehr ich davon ausgegangen bin, Blake könnte etwas dagegen haben.

»Danke«, sage ich deshalb und drücke ihm einen dicken Kuss auf die Lippen.

»Gern geschehen«, erwidert er lachend und steigt in den Aufzug, um ins Büro zu fahren.

Nachdem er weg ist, sieht Rosie mich grinsend an. »Er ist sehr aufmerksam für jemanden, der seine Geschäftspartner über den Tisch zieht.« Kaum haben diese Worte ihren Mund verlassen, schlägt sie sich die Hand auf selbigen, als wäre ihr etwas rausgerutscht, das sie lieber für sich behalten wollte. Jetzt bin ich endgültig nüchtern.

»Wie meinst du das?«, frage ich sie schockiert.

»Ach nichts, vergiss es wieder.« Ich sehe Rosie an, dass sie mir etwas verheimlicht. Aber ich werde es ganz sicher nicht auf sich beruhen lassen.

»Jetzt sag schon. Was willst du damit andeuten?«

Meine beste Freundin windet sich und ich merke, wie schwer es ihr fällt. Doch schließlich nimmt sie sich doch ein Herz und rückt mit der Sprache raus. »Blake hat Dads Firma gekauft.«

»Er hat was? Aber … Aber das ist doch gut. Inwiefern hat er Michael über den Tisch gezogen?«, frage ich sie, weil ich es einfach nicht kapiere.

»Du weißt doch, dass mein Dad nur unter der Bedingung verkaufen wollte, dass seine Mitarbeiter ihre Jobs behalten. Nun, das ist jetzt leider nicht so. Jeder Einzelne wurde gekündigt.«

»Was? Das glaube ich nicht. Und du bist sicher, Blake weiß davon?«

Rosie sieht mir fest in die Augen und nickt. »Es tut mir leid, Alicia. Ich wollte es dir nicht erzählen.«

»Michael hat aber nichts davon, wenn du mich

verschonst. Ich werde mit Blake reden. Der kann sich was anhören.«

»Alicia, nicht. Das bringt doch nichts.«

»Ich fasse es nicht. Wie kann er dir überhaupt noch ins Gesicht sehen? Er hat gerade so getan, als wäre nichts gewesen. Das lasse ich ihm bestimmt nicht durchgehen. So hat er meine beste Freundin nicht zu behandeln. Und ihren Vater genauso wenig.«

Ich bin außer mir vor Wut. Am liebsten würde ich ihm sofort nachlaufen und ihn zur Rede stellen. Mir ist aber klar, dass ich nicht in der Verfassung bin, ein Gespräch mit ihm zu führen, bei dem er mich ernst nimmt. Deshalb schleife ich Rosie in die Küche. Ich muss zuerst etwas essen. Etwas Wasser kann auch nicht schaden, um den Alkohol aus meinem Körper zu schwemmen.

25

ALICIA

Keine zwei Stunden später bin ich zwar immer noch hundemüde, dafür aber wieder bei klarem Verstand und frisch geduscht. Ich habe mich in mein hübschestes Businesskostüm geschmissen und mich geschminkt, um vor Blake selbstbewusst auftreten zu können. Rosie habe ich gebeten, zu Hause zu bleiben, damit ich alleine mit ihm reden kann. Um ihn nicht vorzuwarnen, habe ich die U-Bahn genommen, anstatt Cliff anzurufen. Jetzt stehe ich im Aufzug auf dem Weg in den obersten Stock und überlege mir, wie ich dieses Gespräch am besten anfange.

»Mr. Sutton ist gerade mitten in einem Meeting ...«, höre ich seinen Assistenten mir entgegenrufen, als ich an ihm vorbei zu Blakes Bürotür eile. Noch bevor er mich davon abhalten kann, drücke ich die Klinke hinunter und trete ein. Als ich seine Ex vor seinem Schreibtisch sitzen sehe, drehen bei mir endgültig alle Sicherungen durch. Was auch immer ich mir vorgenommen habe, ist auf einen Schlag weg.

»Wie konntest du nur?«, fahre ich Blake an, der sofort von seinem Bürostuhl aufspringt und auf mich zu kommt.

»Alicia. Ist alles in Ordnung?«

»Gar nichts ist in Ordnung, du Betrüger«, schreie ich ihn an und weiche seiner Hand aus, die gerade versucht, mich zu berühren.

»Samantha, würdest du uns bitte entschuldigen?«, sagt er an seine Ex gewandt.

»Natürlich. Ich warte draußen, bis du mit ihr fertig bist«, erwidert sie mit einem süffisanten Grinsen, woraufhin ich ihr einen bösen Blick zuwerfe, während sie das Büro verlässt.

Als sie draußen ist, wendet sich Blake wieder mir zu.

»Was ist los, Alicia? Ich habe dir doch erklärt, dass mit Samantha nichts läuft. Du kannst nicht ...«

»Nein, du kannst nicht«, unterbreche ich ihn scharf. »Wie kommst du dazu, Michaels Firma zu kaufen und alle Angestellten zu entlassen? Unter diesen Voraussetzungen hätte er sie dir niemals verkauft. Was hast du getan? Gibt es im Vertrag irgendeine kleingeschriebene Klausel, mit der du dich aus der Verantwortung windest? Oder begehst du Vertragsbruch?« Mit glühenden Augen sehe ich ihn an und warte auf eine gute Erklärung für all das.

»Ich habe keine Ahnung, wovon du sprichst, Alicia. Bitte beruhige dich erst einmal.« Doch seine Worte lassen mich nur noch wütender werden. Ich habe mit vielem gerechnet, aber nicht damit, dass er einfach alles abstreitet und die Schuld von sich weist.

»Natürlich weißt du, was ich meine. Rosie hat mir gerade erzählt, dass du Michaels Firma gekauft hast«, funkle ich ihn an.

»Das bestreite ich auch nicht«, sagt er mit ruhiger Stimme, die mich aus irgendeinem Grund noch rasender macht.

»Also gibst du es zu?«

»Ja. Ihr habt doch jemanden gesucht, der die Firma kauft. Rosie hat mir auf der IT-Konferenz, auf der wir beide uns kennengelernt haben, davon erzählt. Daraufhin habe ich einen meiner Mitarbeiter gebeten, sich die Sache genauer anzusehen.«

»Und da hast du dir gedacht, du setzt die Angestellten einfach auf die Straße, oder wie?«

»Alicia, ich weiß nicht, welche Konditionen verhandelt wurden, aber ich kann dir versichern, dass wir uns an unsere Verträge halten.« Sein Tonfall ist auf einmal eisig. Das und die verschränkten Arme vor der Brust sind für mich Zeichen genug, dass er auf Abwehr geht und mich belügt.

»Wie du meinst, Blake. Ich hoffe, du wirst glücklich mit deiner Entscheidung«, sage ich, bevor ich auf dem Absatz kehrt mache und das Büro verlasse, ohne auch nur einmal zurück zu sehen. Als ich bei Samantha vorbeikomme, bemerke ich ihr überhebliches Grinsen. Ihr kommt der Streit zwischen Blake und mir anscheinend gerade recht. Erst als ich im Aufzug ankomme und die Türen sich schließen, erlaube ich es mir, den Tränen freien Lauf zu lassen, die sich schon während des ganzen Gesprächs angebahnt haben. Ich kann es einfach nicht fassen, dass der Mann, in den ich mich so unsterblich verliebt habe, für den ich nach New York gezogen bin, mich so belügt. Samanthas Blick nach zu urteilen, dürfte er auch sie betreffend nicht ganz die Wahrheit gesagt haben. Aber all das interessiert mich nicht mehr.

Als ich vor dem Gebäude ankomme, sehe ich Cliff am Straßenrand stehen. Ich gehe auf ihn zu und bitte ihn, mich nach Hause zu führen. Bestimmt denkt er sich seinen Teil, so wie ich aussehe. Aber auch das ist mir egal. Ich möchte nur so schnell wie möglich weg von hier.

26

ALICIA

Seit ich aus Blakes Büro geflüchtet bin, läutet mein Handy unaufhörlich.

»Willst du dir nicht zumindest anhören, was er zu sagen hat?«, fragt Rosie mich, während sie mir dabei zusieht, wie ich meine Sachen packe.

»Er hatte seine Chance, mit mir zu reden«, erwidere ich schlicht und schließe den Koffer, mit dem ich vor einigen Wochen hierhergekommen bin, um ein neues Leben zu beginnen. All die Dinge, die Blake mir während meiner Zeit hier gekauft hat, lasse ich zurück. Ich brauche keine Almosen.

»Wir können los«, sage ich zu Rosie. Gemeinsam verlassen wir das Penthouse, fahren mit dem Taxi zum Flughafen und sprechen die ganzen sechs Stunden über, die der Flug zurück nach San Francisco dauert, kaum ein Wort miteinander. Erst als wir angekommen sind, lasse ich meine beste

Freundin an dem teilhaben, was ich mir in meinem Kopf zusammengesponnen habe.

»Fahren wir gleich zu deinem Dad? Ich habe eine Idee.«

Neugierig sieht sie mich an. »Und willst du mir auch erzählen, was für eine?«

»Kannst du dich an Kayleigh erinnern? Wir haben sie einmal auf einem Konzert kennengelernt und ich habe den Kontakt zu ihr bis heute gehalten. Wir telefonieren hin und wieder.«

»Ähm ... Ja. Aber was hat sie mit der Firma meines Dads zu tun?«

»Gar nichts«, grinse ich Rosie an. »Aber sie hat gute Kontakte. Ich denke, wir sollten ein Benefizkonzert veranstalten. Der Erlös geht an die ehemaligen Mitarbeiter deines Dads. Das bringt ihnen ihre Jobs zwar auch nicht zurück, aber zumindest bekommen sie so eine Ablöse, mit der sie eine Zeit lang über die Runden kommen sollten.«

Ich sehe genau, wie es in Rosies Kopf rattert. Genau wie ich zuvor geht sie die Idee gedanklich durch und überlegt schon, wie wir sie am besten umsetzen könnten.

»Ich denke, Louis würde uns bei der Organisation bestimmt helfen. Wenn wir ihm sagen, dass bekannte Künstler auftreten, ist das auch für sein Image gut«, nehme ich die Frage, die Rosie bestimmt gerade im Kopf herumspukt, vorweg und ich kann beobachten, wie sich ein freudiges Grinsen in ihrem Gesicht breit macht.

»Du bist genial, Alicia.«

»Danke. Wie gesagt, das löst leider nicht das Problem des verlorenen Jobs, aber es ist zumindest eine kleine Unterstützung.«

»Sie werden sich bestimmt darüber freuen. Jetzt sollten wir uns aber wirklich zu meinem Dad beeilen. Ich will ihm die Neuigkeit unbedingt so schnell wie möglich überbringen.«

Also nehmen wir ein Taxi und fahren nach Palo Alto. Auf dem Weg ruft Rosie bei Michael an, um sicherzugehen, dass er auch zu Hause ist. Als wir bei ihm ankommen, bricht mir bei seinem Anblick fast das Herz. Er sieht mitgenommen aus. Das Schicksal seiner ehemaligen Angestellten ist ihm wahrscheinlich wichtiger als sein eigenes. Ich bin mir sicher, er hätte die Firma lieber für weniger Geld verkauft und stattdessen seine Mitarbeiter gut versorgt gewusst.

»Dad, Alicia hat eine tolle Idee«, begrüßt Rosie ihn aufgeregt und ich sehe Hoffnung in seinen Augen aufglimmen.

Wir erzählen ihm von unserem Plan und als auch er begeistert ist und uns seine Zustimmung gegeben hat, setzen wir uns sofort ans Telefon, um alle Menschen, die wir für unser Vorhaben brauchen, ins Boot zu holen.

Kayleigh, die als Roadie für diverse Bands unterwegs ist, ist gleich Feuer und Flamme. »Klar machen wir das.« Im Hintergrund ist laute Musik zu hören. Offenbar ist sie gerade auf einem Konzert.

»Kayleigh, ich wollte dich nicht stören. Wenn du lieber später telefonieren möchtest, ist das kein Problem.«

»Ach, Quatsch. Jetzt ist es perfekt. Warte kurz, Anthony ist gerade bei mir. Ich frage ihn gleich mal.«

Anthony? Sie wird doch nicht ... Nein, das ist unmöglich. Ich rechne mit vielem, aber bestimmt nicht mit einer derart bekannten Band.

»Alicia?«, höre ich ihre Stimme schon wieder durch die Leitung.

»Ja?«

»Würde es euch passen, wenn die Red Hot Chili Peppers bei eurem Konzert auftreten?«

Würde es uns passen? Und wie es uns passen würde. Du meine Güte. Die Red Hot Chili Peppers. Das gibt's doch gar nicht.

»Bist du wahnsinnig? Natürlich! Ist das dein Ernst? Du meinst die echten Red Hot Chili Peppers?«, frage ich noch einmal nach, um sicherzugehen, dass ich mich nicht verhört habe.

»Ja, genau die«, lacht sie durch den Hörer. »Wir sind gerade auf Tour und kommen in einer Woche sowieso bei euch vorbei. Das Konzert war nach einer Stunde restlos ausverkauft, also gehe ich davon aus, dass es genug Menschen gibt, die für euer Event Karten kaufen würden. Das sollte auch so kurzfristig keine große Sache sein.«

»Du bist die Beste, Kayleigh. Danke, danke, danke.«

»Schon gut. Du kannst es mit einer Einladung zu einem Cocktail wiedergutmachen.«

»Oh, damit hast du dir sehr viele Cocktails verdient«, lache ich. Nachdem wir uns verabschiedet haben, erzähle ich Rosie und ihrem Dad davon, die sich mindestens genauso freuen wie ich mich. Jetzt, da das geklärt ist, bekommen wir auch bestimmt Louis dazu, uns zu helfen.

Diesen Anruf übernimmt Rosie und tatsächlich hat sie ihn bereits nach nur drei Sätzen so weit. Unserem Benefizkonzert zugunsten von Michaels Mitarbeitern steht also nichts mehr im Weg. Ich bin selbst erstaunt. Mit einem solch reibungslosen Ablauf und dem Hauptgewinn, den Red Hot Chili Peppers, hätte ich niemals gerechnet. Schon gar nicht gleich beim ersten Anruf. Aber irgendwann muss schließlich mal etwas klappen, wenn ich schon Pech in der Liebe habe.

27

BLAKE

Seit Wochen jage ich demjenigen hinterher, der sich in das System meiner Firma gehackt hat. Ich dachte, ich wäre besonders schlau, als ich mir Samanthas Unterstützung geholt habe. Von Alicia wollte ich all das fernhalten, damit sie in Ruhe in New York ankommen und sich einleben kann. Dafür habe ich jetzt die Quittung bekommen. Denn Alicia war es schließlich, die das Rätsel gelöst hat. Nur leider auf eine Art und Weise, die unsere Beziehung zerstört hat. Wer weiß, hätte ich sie von Anfang an um ihren Rat gefragt, anstatt meine Ex zu mir ins Büro zu holen, was meine Freundin verständlicherweise nicht gerne gesehen hat, wäre sie vielleicht noch bei mir.

Stattdessen muss ich einen meiner wichtigsten Angestellten kündigen, während meine Freundin aus meinem Appartement ausgezogen und mit ihrer besten Freundin zurück nach Kalifornien gegangen ist. Ich kann es ihr noch nicht einmal verübeln. Für sie muss es tatsächlich so aussehen, als hätte ich sie von vorne bis hinten nur belogen.

Dabei wollte ich es ihr erklären. Ab dem Moment, als sie wütend aus meinem Büro gerannt ist, habe ich alle paar Minuten versucht, sie zu erreichen. Leider erfolglos. Da sie meinen Wagen genommen hat, musste ich mir ein Taxi rufen, um ihr nachzufahren. Doch als ich in meinem Penthouse angekommen bin, fehlte von ihr bereits jede Spur. Alles, was ich ihr während ihrer Zeit in New York geschenkt habe, hat sie bei mir gelassen und musste somit nur die wenigen Habseligkeiten, mit denen sie zu mir gekommen ist, einpacken. Da sie noch dazu Rosies Hilfe hatte, ging das wohl recht rasch vonstatten. Anstatt Cliff zu bitten, sie zum Flughafen zu bringen, haben sich die beiden ein Taxi gerufen. Auch wenn ich gehofft habe, sie würden das nicht tun, wusste ich doch, dass Alicia clever genug ist, meinen Fahrer aus der Sache rauszuhalten. Ich hatte ihn nämlich bereits gebeten, sie so lange hinzuhalten, bis ich vor Ort bin. Am Flughafen angekommen, hat sie ihr Handy abgedreht und erst in San Francisco wieder eingeschaltet. Nur meine Anrufe und Nachrichten ignoriert sie seitdem weiterhin.

Deshalb musste ich einen anderen Weg finden, um ihre Aufmerksamkeit zu gewinnen. Zuerst habe ich herausgefunden, wer hinter den Kündigungen der Firma von Rosies Vater steckt. Es ist die gleiche Person, die sich in mein Buchhaltungssystem gehackt und Geld abgezweigt hat. Damien Ross. Ein Mitarbeiter, dem ich bis dahin so sehr vertraut habe, dass er in meinem Namen derlei Übernahmen abwickeln durfte. Er hat sich vom Programmierer die Karriereleiter hinaufgearbeitet und ist offensichtlich übermütig geworden. Zwei weitere Angestellte, die zwar nichts Illegales getan, aber es verabsäumt haben, mich in Damiens dubiose Geschäfte einzuweihen, wurden ebenfalls entlassen. Sie können froh sein, dass ihnen zumindest eine Anzeige erspart bleibt. Damien hatte nicht so viel Glück und wird sich schon bald vor Gericht verantworten müssen.

Nachdem all das erledigt war, habe ich mir die Verträge noch einmal angesehen, die mit Michael Johnson, Rosies Dad, abgeschlossen wurden. Tatsächlich gibt es eine Klausel, aufgrund derer meine Firma alle Angestellten entlassen konnte, ohne Vertragsbruch zu begehen.

»Wir haben also keine rechtlichen Konsequenzen zu erwarten, wenn wir einfach zurückrudern?«, frage ich Scott, meinen Berater, um sicherzustellen, mich mit meinem Vorhaben nicht auf dünnes Eis zu begeben.

»Nein. Da wir uns rein rechtlich an alle Auflagen gehalten haben und es nach wie vor in unserer

Macht steht, kann der Firma nichts passieren. Im Gegenteil. Am Ende würden wir finanziell besser dastehen und auch ein Skandal wäre abgewendet. Ich denke, Damien wollte damit einfach nur deinen Ruf ruinieren.«

Zu dem Ergebnis bin ich ebenfalls schon gekommen. Die falschen Zahlen, die abgezweigten Summen und auch die moralisch fragwürdigen Verträge sehen nicht nur danach aus, als hätte Damien sich bereichern wollen. Er wollte mich gleichzeitig zerstören. Früher hätte ich vielleicht zum Gegenschlag ausgeholt und es nicht nur bei einer Anzeige belassen. Doch heute zählt für mich nur Alicia.

»Gut. Dann machen wir das wie abgesprochen. Ich sage dir Bescheid, sobald du alles in die Wege leiten kannst.«

Mit diesen Worten verlasse ich endlich das Büro und mache mich auf den Weg nach San Francisco, um mir meine Freundin zurück zu holen.

28

ALICIA

»Kayleigh, schön dich zu sehen«, begrüße ich meine Freundin, die dieses großartige Event dank ihrer Kontakte erst möglich gemacht hat. Sie ist gerade mit den Bandmitgliedern der Red Hot Chili Peppers angekommen. Die Bühne ist bereits aufgebaut, auch für die Sicherheitsvorkehrungen wurde gesorgt. Jetzt folgt eigentlich nur noch ein kleiner Soundcheck und dann kann es auch schon losgehen. In nicht einmal einer Stunde beginnt der Einlass und vor den Kassen tummeln sich schon die Menschenmassen. Niemals hätte ich damit gerechnet, so viel Publikum hierher zu bekommen. Louis ist zwar ein guter Veranstalter, aber für diesen Aufmarsch ist dann vermutlich doch eher die Band verantwortlich.

»Hi Alicia. Da habt ihr in der kurzen Zeit ganz schön was auf die Beine gestellt. Es sieht toll aus.«

Kayleigh sieht sich auf dem Gelände um. Die Bühne, auf deren Seiten wir Leinwände montiert haben, um auch denjenigen, die weiter hinten stehen, eine gute Sicht zu ermöglichen und hin und wieder den Grund für diese Veranstaltung einzublenden, steht am Ende einer großen Wiese, die genug Platz für die Menschen bietet, die bereits auf das Konzert warten. Natürlich ist auch Rosie mit ihrem Dad und seinen ehemaligen Angestellten hier. Bevor das Konzert beginnt, wird Michael eine kurze Rede halten. Dabei stellt er die Menschen vor, zu deren Gunsten wir die heutigen Einnahmen sammeln. Alle sind schon ziemlich nervös, mich mit eingeschlossen.

»Wir haben unser Bestes gegeben. Aber ohne dich wäre das hier nicht möglich gewesen, Kayleigh.«

»Ach …« Sie macht eine unwirsche Bewegung mit der Hand, als wäre es gar nichts, eben mal kurzerhand die Red Hot Chili Peppers für ein Benefizkonzert zu engagieren. »Als ich den Jungs erzählt habe, worum es geht, waren sie gleich Feuer und Flamme. Außerdem geht die Tour gerade ohnehin durch San Francisco. Wir waren also quasi in der Nähe.« Ihr ehrliches Lächeln beruhigt mich. Einen solch großen Gefallen von jemandem einzufordern, ist mir doch etwas unangenehm. Aber sie sieht es offenbar ganz locker.

»Alicia, du solltest kurz mitkommen.« Rosie ist

ganz hektisch neben uns aufgetaucht. Sie deutet zum Eingang, ich kann aber nichts Ungewöhnliches erkennen.

»Entschuldige mich bitte«, sage ich zu Kayleigh und folge Rosie in die Richtung, in die sie zuvor gezeigt hat. Erst nach einigen Laufschritten sehe ich, was los ist. Blake versucht, unsere Securitymitarbeiter zu überreden, ihn aufs Gelände zu lassen. Doch die haben strikte Anweisung. Vor dem offiziellen Beginn werden keine Besucher durchgelassen. Und danach nur solche, die auch eine gültige Eintrittskarte vorweisen können. Da ich nicht davon ausgehe, dass Blake sich eine gekauft hat, könnte ich auch einfach wieder umdrehen und ihm seinem Schicksal überlassen. Aber ich zögere zu lange. Er hat mich bereits entdeckt.

»Alicia«, ruft er in meine Richtung und hebt seine Hand zum Gruß.

Mit versteinerter Miene gehe ich auf ihn zu. Obwohl seine Nähe eine Gänsehaut bei mir auslöst, bin ich bemüht darum, mir nichts anmerken zu lassen. Es kostet mich meine ganze Willenskraft, meine Stimme kräftig wirken zu lassen, als ich das Wort an ihn richte. »Was willst du hier?«

»Ich muss mit dir reden, Alicia. Bitte hör mir zu.«

»Du hattest genug Zeit in New York, mir zu erzählen, was du mit Michaels Firma vorhast. Aber du warst wohl zu sehr mit deiner Ex beschäftigt, als dich für mich zu interessieren. Ich habe dir nichts mehr zu sagen, Blake. Bitte verschwinde von hier. Dieser Tag gehört alleine den Menschen, die du gefeuert hast«, sage ich zu ihm. Ohne eine Antwort abzuwarten, drehe ich mich um und laufe davon. Ich hätte es keine Sekunde länger ausgehalten, ihm in die Augen zu sehen. Nur mit Müh und Not konnte ich die Tränen zurückhalten, die jetzt unaufhörlich über meine Wangen fließen.

»Soll ich ihm eine auf die Nase hauen? Ich mach das für dich, ehrlich«, kommt Rosie hinter mir her und bringt mich trotz meiner Gefühlslage zum Lachen.

»Danke, aber schon gut. Ich bin fertig mit ihm.«

Mir entgeht Rosies Blick nicht. Am liebsten würde ich ihn einfach ignorieren, aber so bin ich leider nicht.

»Was?«, frage ich sie deshalb.

»Nichts, nichts«, tut sie die Sache ab, aber ich sehe ganz genau, dass sie gleich platzt, wenn sie ihre Gedanken nicht raus lässt.

»Sag schon, Rosie.«

»Na ja ... Ich weiß nicht ... Findest du nicht, du solltest ihm zumindest die Chance geben, sich zu erklären?«

»Bist du wahnsinnig?«, blaffe ich sie an. »Er hat schließlich deinen Dad betrogen. Wie kannst du da so was überhaupt vorschlagen?«

»Hmm ... Wie soll ich sagen? Ich hab euch doch

zusammen gesehen. Er liebt dich. Und wenn du ehrlich bist, liebst du ihn auch. Egal, was er getan hat. Ja, ich bin wütend auf ihn, weil er meinen Dad so hintergangen hat. Aber ich will trotzdem, dass du glücklich bist, Alicia.«

Entgeistert sehe ich meine Freundin an. Das kann doch nicht ihr Ernst sein. Sie kann nicht davon ausgehen, dass ich mit einem Menschen zusammen sein möchte, der zu solchen Dingen imstande ist. Gleichzeitig fühle ich zum ersten Mal, seit ich aus New York abgereist bin, in mich hinein. Dabei müsste ich das gar nicht tun. Ich weiß genau, wie sehr ich Blake noch immer liebe. Es ist ausnahmslos mein Verstand, der mir verbietet, seine Nähe zu suchen. Mein Herz und auch mein Körper fühlen sich nach wie vor so sehr zu ihm hingezogen, dass es mir schwerfällt, hier zu stehen, wissend, wie wenige Meter von mir entfernt er sich aufhält. Trotzdem kann ich ihm diesen Verrat nicht verzeihen. Niemals.

»Mit einem solchen Menschen will ich keine Beziehung führen, Rosie. Auf Dauer würde mich das nur unglücklich machen«, sage ich deshalb zu ihr und weiß, wie wahr diese Worte leider sind. »Wir müssen weitermachen. In ein paar Minuten ist Einlass und wir sollten deinen Dad auf der Bühne unterstützen«, beende ich das Gespräch. Doch als Rosie sich nicht in Bewegung setzt, stutze ich. »Ist irgendwas?«

»Nein«, schüttelt sie den Kopf. »Geh du schon mal vor, ich komm gleich nach.« Mit hochgezogenen Augenbrauen verfolge ich, wie sie in die entgegengesetzte Richtung verschwindet, zucke mit den Schultern und mache mich ebenfalls auf den Weg.

29

ALICIA

Keine halbe Stunde später stehe ich gemeinsam mit Michael und einigen seiner ehemaligen Angestellten auf der Bühne. Hektisch sehe ich mich um, weil von Rosie jede Spur fehlt. Dabei sollte sie noch viel mehr als ich hier neben ihrem Vater stehen. In Anbetracht des riesigen Publikums werde ich noch nervöser. Ich knete meine schwitzigen Hände und behalte den Aufgang zur Bühne im Blick, während Michael zum Mikrofon greift, um seine Rede zu halten.

»Vielen Dank für euer zahlreiches Erscheinen. Ich bin Michael Johnson und mit dem Kauf eurer Tickets habt ihr es möglich gemacht, dass meine ehemaligen Mitarbeiter zumindest für ein paar Monate über die Runden kommen.« Jubel bricht in der Menge aus. Erst als sich die Lautstärke wieder etwas eingependelt hat, fährt Michael fort: »Leider haben sie ihre Jobs verloren, als ich meine Firma verkauft habe ...« Bei diesen Worten entdecke ich endlich Rosie, die die Bühne betritt. Womit ich nicht gerechnet habe, ist, dass sie mit Blake am Arm auftaucht. Ich spüre, wie mir schwindelig wird. Das ist alles zu viel für mich. Mein erster Reflex ist es, die Flucht zu ergreifen, doch wenn ich Michaels Ansprache nicht stören möchte, bleibt mir keine andere Wahl, als genau hier stehen zu bleiben, wo ich bin. Gespannt und mit einem mulmigen Gefühl im Bauch beobachte ich die Szene. Rosie läuft zu ihrem Dad, flüstert ihm irgendetwas ins Ohr, woraufhin er ihr das Mikrofon übergibt und zur Seite tritt.

»Ich habe jemanden mitgebracht, der uns gute Nachrichten zu verkünden hat. Ein dicker Applaus für Blake Sutton, liebes Publikum«, höre ich Rosie sagen und traue meinen Ohren nicht. Was um alles in der Welt sollte er Positives zu dieser Situation zu sagen haben?

Wie aufs Stichwort tritt Blake neben meine Freundin, sie übergibt ihm das Mikro und schenkt mir ein breites Grinsen, während sie sich an den Bühnenrand zurückzieht. Am liebsten würde ich nach vorne laufen und Blake das Mikrofon wieder entreißen. Wir haben uns solche Mühe mit diesem Event gemacht und nun soll er alles zerstören dürfen? Mit Rosies Hilfe? Doch ich stehe nur wie angewurzelt da und bin fassungslos.

»Wie Rosie schon gesagt hat, habe ich tatsächlich gute Neuigkeiten«, beginnt Blake zum Publikum zu sprechen. »Leider hat sich herausgestellt, dass einer meiner Mitarbeiter, dem ich zu großes Vertrauen geschenkt habe, die Übernahme von Mr. Johnsons Firma geleitet und dabei ziemlichen Mist gebaut hat. Das möchte ich jetzt gerne wiedergutmachen. All diejenigen, die ihren alten Job zurückhaben möchten, bekommen neue Verträge zu besseren Konditionen. Außerdem würde ich mich freuen, wenn Sie Mr. Johnson weiterhin als Berater zur Verfügung stehen würden. Selbstverständlich entlohnen wir Sie dafür angemessen.« Blake macht eine kurze Pause und ich kann noch immer nicht glauben, was er gerade gesagt hat. Währenddessen tritt Michael mit einem freudigen Lächeln im Gesicht an seine Seite, ruft ein eindeutiges Ja in das Mikrofon und will es Blake aus der Hand nehmen. Doch er lässt nicht los.

»Das freut mich zu hören, Mr. Johnson, aber ich hätte da noch eine Kleinigkeit zu sagen«, entschuldigt er sich bei Michael für sein Verhalten und sieht mir dabei direkt in die Augen. Die Schmetterlinge in meinem Bauch melden sich sofort wieder zu Wort, aber ich bin noch viel zu verwirrt, um auch nur irgendwie zu reagieren.

»Alicia, ich weiß, ich habe viele Fehler gemacht. Dafür möchte ich mich bei dir entschuldigen. Ich war ein Idiot und habe dich vernachlässigt. Das würde ich gerne für den Rest meines Lebens wiedergutmachen, wenn du mich lässt. In New York. In San Francisco. Wo auch immer du möchtest. Alicia Knight …«, Blake kommt auf mich zu, kniet sich vor mich hin und holt eine kleine Schachtel aus seiner Sakkotasche hervor. »Erweist du mir die Ehre, meine Frau zu werden?« Mit diesen Worten öffnet er das Schächtelchen und zum Vorschein kommt ein funkelnder Diamantring. Ich weiß nicht, wie ich reagieren soll.

30

BLAKE

Die Sekunden, in denen ich vor Alicia knie und auf ihre Antwort warte, kommen mir wie Stunden vor. Langsam bezweifle ich, das Richtige getan zu haben, und schlucke hart. Wie konnte ich auch davon ausgehen, sie mit meinem kleinen Auftritt hier so sehr begeistern zu können, dass sie gleich zustimmt, mich zu heiraten? Immerhin glaubt sie noch immer, ich hätte sie mit Samantha betrogen. Auch wenn das nicht stimmt. Das Einzige, was zählt, ist, was sie denkt. Und die Situation in meinem Büro hat tatsächlich nicht für mich gesprochen. Deshalb könnte ich es ihr nicht verdenken, wenn sie mir eine Abfuhr erteilt.

Für mich steht jedoch fest, dass ich es immer wieder versuchen werde. Egal, wie lange es dauert. Ich liebe Alicia und kann mir ein Leben ohne sie nicht mehr vorstellen. Alleine wie sie gerade vor mir steht und mich erschüttert ansieht, lässt mich spüren, wie es mir geht, wenn sie mich abweist. Dabei hat sie es noch nicht einmal ausgesprochen.

Ich mache meinen Mund auf, um ihr all die Argumente darzulegen, die für ein Jawort sprechen, da kommt endlich Leben in sie. Ganz langsam, fast schon schüchtern, kniet sie sich zu mir auf den Boden und nimmt mir das Mikro aus der Hand. Ein wenig misstrauisch, aber vor allem fragend, sehe ich sie an. Ich kann nur hoffen, dass sie mir nicht vor versammelter Mannschaft die Leviten liest. Auch wenn ich es wahrscheinlich verdient hätte.

Doch nichts dergleichen geschieht. Ihr Mund verzieht sich zu einem strahlenden Lächeln und ein einziges Wort kommt klar und deutlich aus ihrem Mund: »Ja.«

Mir fällt ein Stein vom Herzen und ich umarme sie stürmisch. Doch sie drückt mich von sich weg und ich habe schon Angst, das wäre nur ein Scherz von ihr gewesen.

»Zuerst musst du mir den Ring anlegen«, lächelt sie mich an und ich tue nur zu gerne, was sie von mir verlangt. Ich stehe auf, reiche ihr die Hand, um ihr ebenfalls aufzuhelfen, und stecke ihr den Ring, der für unsere Liebe steht, an den Finger.

»Jetzt bist du mein«, sage ich zu ihr, bevor ich mich über sie beuge und sie leidenschaftlich küsse. Als ich mich von ihr löse, sehe ich ein Funkeln in ihren Augen.

»Das war ich doch schon immer«, meint sie leichthin und küsst mich erneut, was meinen Schwanz zum Zucken bringt. Wenn das überhaupt möglich ist, so ist mein Verlangen nach dieser Frau mit ihrem Jawort nur noch größer geworden. Am liebsten würde ich sie sofort von der Bühne schleifen und über sie herfallen. Doch leider machen mir die Red Hot Chili Peppers einen Strich durch die Rechnung.

Sie dürften sich während unseres Kusses auf der Bühne eingefunden haben.

»So genug Süßholz geraspelt. Der Song ist für dich, Kalifornien«, sagt der Frontman der Band lachend, bevor die Melodie von Californication ertönt.

Gemeinsam mit meiner zukünftigen Frau genieße ich das Konzert. Für alles Weitere bleibt noch genug Zeit. Genau genommen, der Rest unseres Lebens. Und Alicia ist die erste Frau, bei der ich keine Panikattacken bei dem Gedanken bekomme, mit ihr alt und grau zu werden. Im Gegenteil. Ich freue mich schon darauf.

Meine Anspielung auf unseren Wohnort habe ich übrigens auch ernst gemeint. Wenn sie es möchte, ziehe ich auch nach San Francisco, damit Alicia bei ihrer Familie sein kann, und pendle eben immer wieder nach New York, um meine Geschäfte am Laufen zu halten. Alles soll mir recht sein, solange sie nur an meiner Seite ist.

Eine kleine Überraschung habe ich außerdem noch parat, die vermutlich nicht nur Alicia, sondern auch Rosie freuen dürfte. Da ich ohnehin weitere Ressourcen in die Entwicklung künstlicher Intelligenz zu medizinischen Zwecken stecken wollte, habe ich mir überlegt, die beiden Frauen zu sponsern. Da Alicia nicht sonderlich große Freude mit ihrem Job bei mir hatte, was ich gut verstehen kann, habe ich alles in die Wege geleitet und ein Tochterunternehmen gegründet, das ich gerne in die Obhut der beiden geben würde. Es ist bereits alles vorbereitet. Nur noch die Unterschriften von Alicia und Rosie fehlen und sie können sich sofort in die Arbeit stürzen. Ich bin gespannt, wie vor allem meine Zukünftige auf dieses Angebot reagieren wird, und hoffe sehr, damit nicht wieder über das Ziel hinausgeschossen zu sein.

31

ALICIA

»Und, wie gefällt es dir, wieder in San Francisco zu sein?«, fragt Michael an Blake gewandt, als wir alle beisammen sitzen, um den phänomenalen Ausgang dieses Wirrwarrs der letzten Monate zu feiern.

»Ganz gut. Aber um ehrlich zu sein, bin ich ganz froh, dass Alicia sich dazu entschieden hat, unseren Hauptwohnsitz in New York zu belassen. Wenn ich dafür auch mein Penthouse aufgeben musste, um in ein Stadthaus zu ziehen«, lacht Blake und ich stoße ihn sanft in die Seite.

»Tu doch nicht so. Dir gefällt unser neues Haus doch auch viel besser als diese sterile Wohnung.«

»Schon. Aber ich werde erst ruhig schlafen können, wenn alle Sicherheitsmaßnahmen getroffen wurden.«

Blake hat mir erklärt, weshalb er sich vor

einigen Jahren gegen ein Haus und für eine Wohnung in einem gesicherten Gebäude entschieden hat. Immerhin ist er stinkreich, was nicht nur Positives nach sich zieht. Um unsere Sicherheit also weiterhin gewährleisten zu können, hat er eine Firma damit beauftragt, ein ausgeklügeltes System in unser neues Haus zu verbauen. Außerdem hat er gleich nebenan eine Wohnung gemietet, die künftig Sicherheitspersonal während ihrer Schicht zur Verfügung stehen wird. Wir werden also rund um die Uhr bewacht. Was sich schlimmer anhört, als es tatsächlich ist, weshalb ich durchaus damit leben kann.

»Und wie wollt ihr das mit eurer neuen Aufgabe vereinen?«, fragt Michael nun mich mit einem misstrauischen Blick. Natürlich. Er will nicht, dass seine Tochter ebenfalls nach New York zieht, sondern hier bei ihm bleibt. Immerhin hat er schon Jahre mit ihr verloren, als er sich von ihrer Mutter hat scheiden lassen und von San Francisco nach Palo Alto gezogen ist. Zwar könnte man meinen, die kurze Fahrtstrecke wäre nicht so schlimm, aber mit der Arbeit in seiner Firma war er immer sehr eingespannt. Umso glücklicher ist er über seinen neuen Posten als Berater. Jetzt arbeitet er nur ein paar Stunden im Monat und wird auch noch königlich dafür bezahlt, weshalb er seinen Ruhestand gleich doppelt so gut genießen kann.

»Wir werden künftig eng mit Stanford zusammenarbeiten, um unsere Forschungen voranzubringen. Für die Leitung ist Rosie zuständig. Alles Weitere geschieht in New York, was wiederum ich mit anderen Mitarbeitern koordiniere. Du brauchst dir also keine Sorgen zu machen, Michael. Rosie wird zwar hoffentlich öfter mal nach New York kommen, aber auf absehbare Zeit nicht umziehen müssen.« Ich zwinkere meiner Freundin verstohlen zu. Denn sie hat die Stadt für sich entdeckt und möchte unbedingt zumindest mit mir gemeinsam ausgehen. Aber ich denke nicht, dass sie wirklich daran denkt, Kalifornien irgendwann zu verlassen. »Wir wiederum haben beschlossen, zwar in New York zu wohnen, aber mindestens zweimal im Monat für ein paar Tage nach San Francisco beziehungsweise Palo Alto zu kommen. Immerhin will ich meine Eltern auch besuchen«, erkläre ich weiter.

»Das klingt nach einer optimalen Lösung. Ich gratuliere euch«, sagt Michael aufrichtig. »Und bei dir muss ich mich auch noch mal bedanken, Blake. Ich weiß nicht, wo ich heute ohne dich wäre.«

»Schon gut. Ich hatte nie vor, deiner Firma zu schaden. Und ich stehe zu meinem Wort.« Tatsächlich sind Michael und seine Mitarbeiter am Ende noch besser ausgestiegen, als sie es bei einem normalen Verkauf wären. Die ehemaligen Angestellten haben ausnahmslos alle ihre Jobs zurück, manche sind befördert worden und von allen wurden die Gehälter erhöht. Die Einnahmen, die durch das Benefizkonzert zustande kamen, wurden einstimmig an eine gemeinnützige Organisation gestiftet, die Menschen unterstützt, die ihre Arbeit verloren haben. So war der Aufwand nicht umsonst und alle sind zufrieden.

Außerdem haben Blake und ich jetzt ein gemeinsames Lied, das uns auf ewig an seinen wunderbaren Heiratsantrag erinnern wird. Wer kann schon von sich behaupten, dabei auf der Bühne mit den Red Hot Chili Peppers gestanden zu haben? Vielleicht spielen sie auch auf unserer Hochzeit, mal sehen. Erst muss ich mich einmal an den Gedanken gewöhnen, mit einem unglaublich attraktiven, reichen und noch dazu einfühlsamen, kurz gesagt, einfach wundervollen Mann verlobt zu sein. Das Grinsen in meinem Gesicht ist seit dem Antrag schon obligatorisch.

LESEPROBE VON »CLARK: HERZKLOPFEN IN NEW YORK«

Kayleigh

Ich wohne wirklich nicht weit von meiner neuen Arbeitsstelle entfernt. Aber irgendwie habe ich es trotzdem geschafft, geschlagene fünfzig Minuten zu brauchen, um beim Starbucks direkt gegenüber dem Gebäude, in dem ich künftig arbeiten werde, anzukommen. Meiner Nervosität sei Dank, bin ich allerdings noch früh genug dran, um mir einen Kaffee und einen Blaubeermuffin zu genehmigen. Nervennahrung sozusagen. Außerdem herrscht in meinem Kühlschrank mal wieder gähnende Leere, wodurch ich noch kein Frühstück hatte. Ich öffne die Tür und sofort weht mir die kalte Luft des klimatisierten Raumes entgegen. Gleich als Nächstes bemerke ich die lange

Schlange vor der Theke und seufze laut auf. Das kann doch alles nicht wahr sein. Ein Blick auf die Uhr verrät mir, dass ich noch genau zehn Minuten Zeit habe, um es bis ganz nach vorne zu schaffen, meine Bestellung aufzugeben, zu bezahlen und nebenan in den zehnten Stock zu fahren. Das könnte eng werden. Aber einen Tag ohne Frühstück halte ich nicht aus, deshalb reihe ich mich brav ein und warte, bis ich dran bin.

Die ganze Zeit über behalte ich die Vitrine im Auge, in der sich nur noch ein einziger Blaubeermuffin befindet. Als der Typ vor mir seine Bestellung aufgibt und nur einen Caramel Macchiato ordert, atme ich erleichtert auf. Ich will schon den letzten Schritt auf die Theke zumachen, um endlich mein Frühstück zu bekommen, als sich von hinten jemand vordrängt.

»Entschuldigung, bitte, ich habe es eilig«, sagt er an die Wartenden gewandt. Obwohl sich auch diejenigen hinter mir lautstark beschweren, drängt er sich einfach an mir vorbei und deutet dem Mitarbeiter, was er gerne hätte. Mit ihm reden kann er natürlich nicht, denn er hängt am Handy. Sicher ein ganz wichtiger Mensch. Als ich aber sehe, dass die Vitrine mit den Muffins geöffnet wird, bekomme ich große Augen. Bloß nicht den Blaubeermuffin. Bitte nimm das Müsli, das passt ohnehin viel besser zu diesem eingebildeten Schnösel. Doch es musste so kommen. Zielstrebig langt der Starbucks-Mitarbeiter zu meinem Frühstück und packt es dem Drängler ein. Das ist zu viel für mich und ich kann einfach nicht mehr an mich halten.

»Der gehört mir«, entfährt es mir in voller Lautstärke, was dazu führt, dass die Blicke des Mitarbeiters, aber auch die des Typen, der immer noch an seinem Handy hängt, auf mir ruhen.

»Entschuldigen Sie bitte. Was haben Sie gesagt?«, fragt der Schnösel mich mit seiner tiefen, männlichen Stimme.

Obwohl ich vermutlich rot anlaufe wie eine Tomate, richte ich mich automatisch gerader auf, schiebe die Schultern nach hinten und strecke die Brust raus. Selbstbewusster, als ich mich fühle, antworte ich ihm: »Das ist meiner. Sie haben sich vorgedrängt und ich wollte den Blaubeermuffin bestellen. Ich finde, Sie sollten darauf verzichten, wenn Sie es schon eilig haben und sich, ohne zu fragen, einfach an der Schlange vorbeiquetschen.«

Er sieht mich mit seinen smaragdgrünen Augen an, als würde er abschätzen, wie ernst es mir ist, wendet sich aber, ohne mir zu antworten, wieder dem Mitarbeiter zu, der die ganze Szene aufmerksam verfolgt hat.

»Packen Sie ihn mir bitte ein«, sagt der Typ im Befehlston und widmet sich wieder seinem Gesprächspartner am Handy. Umständlich holt er seine Kreditkarte heraus und bezahlt, während ich stumm neben ihm stehe und abwarte, was als

Nächstes passiert. Ob er mir den Muffin als Entschuldigung dafür, sich vorgedrängt zu haben, schenken will? Doch als er die Tüte und seinen Kaffee entgegennimmt und sich dem Ausgang zuwendet, beachtet er mich mit keinem Blick, sondern verlässt einfach so das Geschäft. Entsetzt starre ich ihm hinterher. Der hat vielleicht Nerven.

»Miss. Miss? Hallo? Was darf es für Sie sein?«

Erst als der Mitarbeiter hinter der Theke lauter wird, nehme ich ihn wahr und löse meinen Blick von der Tür, die mittlerweile schon lange wieder zu ist. Von dem unverschämten Kerl ist nichts mehr zu sehen.

»Einen Latte Macchiato, bitte«, sage ich durch zusammengebissene Zähne, da ich noch immer wütend bin. Wegen des feinen Herrn muss ich jetzt auf mein Frühstück verzichten. Und komme auch noch ein paar Minuten zu spät, was mir ein rascher Blick auf die Uhr verrät. Toll. Ganz toll. Mein erster Arbeitstag und ich präsentiere mich gleich von der besten Seite. Aber wer weiß, vielleicht ist dieses Erlebnis zumindest dafür gut, das Eis in der Kaffeeküche bei den Kollegen zu brechen.

Ich will gerade den Starbucks verlassen, als mein Handy eine neue Nachricht ankündigt. Genervt, da ohnehin schon viel zu spät dran, nehme ich es aus der Tasche und lache laut auf, als ich lese, was mein Bruder geschrieben hat.

»Kann ich meinen Plattenvertrag bei *Parker*

Records schon unterschreiben kommen?«, fragt er mich mit einem Zwinkersmiley hinten an.

»Ich bin noch nicht einmal im Büro. Du wirst dich ein paar Minuten gedulden müssen«, antworte ich, ebenfalls mit einem Emoticon.

Ethan ist Musiker. Selbstverständlich kommt es ihm da gelegen, dass ich heute meinen neuen Job bei einem Plattenlabel beginne. Aber gleich am ersten Tag zum Chef zu stürmen, um einen Vertrag für meinen großen Bruder auszuhandeln, ist vermutlich nicht die beste Idee.

Clark

»Guten Morgen, Chef.«

Grace begrüßt mich, wie jeden Tag, mit einem Lächeln auf den Lippen. Langsam frage ich mich, wie diese Frau das macht. Mittlerweile sind Überstunden zur Gewohnheit geworden. Sie ist mit mir die Erste im Büro und oft die Letzte, die wieder geht. Trotzdem ist sie stets gut gelaunt und immer freundlich. Meine Sekretärin versteht sich ausnahmslos mit allen Mitarbeitern, obwohl ich zugeben muss, dass es sich um einen schwierigen Haufen handelt. In unserer Branche herrscht nun mal extremer Konkurrenzkampf. Jeder will derjenige sein, der den nächsten Star am Musikhimmel entdeckt und unter Vertrag nimmt. Vielleicht sehen meine Angestellten

Grace aber auch einfach nicht als Konkurrentin an. Für sie ist sie nur die Sekretärin des Bosses. Wenn sie sich da mal nicht täuschen.

»Guten Morgen, Grace. Ich hab dir was mitgebracht«, sage ich mit einem verschmitzten Lächeln und reiche ihr eine Tüte von Starbucks mit ihrem Lieblingsfrühstück, einem Blaubeermuffin. Auch wenn es keine wirkliche Entschädigung für die anstrengenden Wochen ist, die hinter uns liegen, so bin ich mir doch sicher, dass sie die Geste richtig deutet.

»Oh.« Sie sieht mich erstaunt an. Ja, zugegeben, das ist mal etwas anderes. Ich behandle zwar alle meine Angestellten gut, aber den Frühstücksboten spiele ich nicht so häufig. »Danke, Clark. Ich wollte später noch rübergehen und mir einen holen«, sagt sie verzückt.

»Dann hast du echt Glück. Das hier war nämlich der Letzte«, verrate ich ihr, behalte die Geschichte mit der Frau, die es ebenfalls auf den Muffin abgesehen hatte, aber lieber für mich. Mir war die Situation ziemlich unangenehm und ich weiß, dass ich ihn ihr hätte überlassen sollen. Schließlich hatte sie recht. Ich habe mich wirklich vorgedrängt und wäre ich nicht gewesen, hätte sie ihn bekommen. Aber Graces Freude über ihr Frühstück macht das schlechte Gewissen wieder wett. Außerdem wäre ich normalerweise schon viel früher dran gewesen, hätte mich einer unserer Musiker nicht telefonisch aufgehalten.

»Was steht heute auf dem Programm?«, komme ich doch noch auf die Arbeit zu sprechen.

Grace kann mir all meine Termine aufzählen, ohne auch nur einmal in ihren Computer schauen zu müssen. Bewundernswert.

»Um neun Uhr hast du eine Besprechung mit Phil. Dem neuen Künstler, den Harper entdeckt hat. Er ist nicht sonderlich verlässlich, also habe ich einen Weckdienst für ihn in Auftrag gegeben. Danach steht ein Teammeeting an, bei dem du dabei sein solltest. Wir haben eine neue Mitarbeiterin. Zum Mittagessen triffst du dich mit John. Es geht um die nächsten Konzerte. Und am Nachmittag hast du dann Zeit für das Tagesgeschäft, bevor es am Abend auf dieses Musikevent geht. Ganz ehrlich, Clark, das kannst du auch absagen. Ich glaube kaum, dass sich gerade dort der nächste Superstar versteckt«, rattert meine Sekretärin die heutigen Termine runter. Als sie fertig ist, sieht sie mich forschend an, bevor sie fortfährt. »Blake hat angerufen. Er will sich mit dir treffen. Soll ich ihn für den Nachmittag einschieben?«

Ich weiß ihre Bemühungen wirklich zu schätzen. Obwohl sie selbst fast schon rund um die Uhr hier ist, kümmert sie sich darum, dass ich den Anschluss zu meiner Familie und meinen Freunden nicht verliere. Unwillkürlich frage ich mich, wie sie das bei sich selbst macht. Grace ist verheiratet. Ich kann mir nicht vorstellen, dass ihr Mann sonderlich erfreut über ihre Überstunden ist. Trotzdem wirkt sie zufrieden, so, als hätte sie alles im Griff. Ihr würde ich das sogar zutrauen. Überfordert reibe ich mir über den Nasenrücken.

»Kannst du meinen Cousin bitte auf morgen vertrösten? Ich hab zu viel zu tun, um mich jetzt auch noch mit Blake auseinanderzusetzen.«

Grace wirft mir einen Blick zu, der sagt, wie wenig begeistert sie von dieser Idee ist. Trotzdem bleibt sie freundlich. »Natürlich. Und Clark. Noch mal danke für den Muffin.«

»Gern geschehen.«

Mit diesen Worten gehe ich an ihrem Schreibtisch vorbei hinein in mein Büro, um mich auf den Tag vorzubereiten, bevor dieser Phil hier auftaucht. Ich schätze Harper und ihr Näschen für gute Musiker sehr, aber hier hat sie uns einen Klienten an Land gezogen, der noch mühsamer ist als für unsere Branche ohnehin üblich. Das Musikgeschäft ist ein knallhartes Business. Aber gerade Anfänger haben oft eine Vorstellung von einer Karriere als Sänger, die mit der Realität einfach nicht kompatibel ist, und lassen von Beginn an Starallüren raushängen, die wir ihnen erst austreiben müssen. Sie haben noch nicht verstanden, dass sie ohne uns keine Chance haben, auch nur auf einer größeren Bühne aufzutreten. Diejenigen, die das nicht schnell genug kapieren, fliegen. Unsere Verträge sind eisern, auch wenn die Künstler das anfangs nicht wahrhaben wollen. Dieser Phil ist einer davon. Überheblich, seit er seine Unterschrift auf das Blatt Papier gesetzt hat, und der Meinung, wir würden ihn brauchen. Dabei ist es gerade umgekehrt.

Seufzend setze ich mich hinter meinen Schreibtisch und nehme mir seinen Lebenslauf vor. Zeit, ihn zurück auf den Boden der Tatsachen zu bringen. Das funktioniert am besten, wenn ich ihm noch einmal vor Augen halte, woher er kommt und wie viel Mühe er auf sich nehmen musste, um es bis hierher zu schaffen.

Hier bekommst du den dritten Teil der American Millionair's Love Stories: https://zoeywest.com/amls3

KOSTENLOSES E-BOOK

Als kleines Dankeschön, weil du mein Buch gelesen hast, möchte ich dir gerne ein gratis eBook mit einer Kurzgeschichte aus der Reihe der »American Millionair's Love Stories« schenken.

Trage dich dafür einfach unter https://zoeywest.com/start für meinen Newsletter ein.

Aaron: Hochzeit in New Orleans

Was machst du, wenn der Mann, den du damals nicht haben konntest, eine Hochzeit mit dir planen muss?

Jules kann nicht fassen, was ihre beste Freundin von ihr verlangt. Als Brautjungfer soll sie sich wenige Tage vor der Hochzeit um die Vorbereitungen kümmern. Noch nichts ist geplant, dabei werden mehrere hundert Gäste erwartet. Damit aber nicht genug. Als Unterstützung wird ihr ausgerechnet Aaron MacLay zur Seite gestellt. Der Mann, mit dem sie eine gemeinsame Vergangenheit verbindet und den sie eigentlich nie wieder sehen wollte. Kein Wunder also, dass sie absolut genervt ist, sich ausgerechnet als seine Verlobte ausgeben zu müssen.

Aaron hält nicht viel von Hochzeiten. Dass ausgerechnet sein bester Freund nun den Bund fürs Leben eingehen will, geht ihm so richtig gegen den Strich. Aber als er dazu aufgefordert wird, mit der süßen Jules die Hochzeitsvorbereitungen zu übernehmen, nimmt er die Herausforderung gerne an. Er macht sich zwar nichts aus Blumen und Torten, aber gegen ein heißes Stelldichein mit der ersten Brautjungfer hat er nichts einzuwenden. Er kann schließlich nicht ahnen, dass diese paar Tage seine Welt auf den Kopf stellen werden.

Als sie so tun müssen, als wären sie selbst ein Paar, knistert es zwischen Jules und Aaron gewaltig. Können sie ihre Differenzen hinter sich lassen und selbst glücklich werden?

Ich freue mich darauf, mit dir in Kontakt zu bleiben!

Zoey West

BÜCHER VON ZOEY WEST

Adam: Heiße Küsse in Sarasota

Was machst du, wenn der Mann, in den du dich unsterblich verliebst, deine Existenz ruiniert?

Adam steht in New Yorks angesagtesten Clubs auf der VIP-Liste. Die meisten davon gehören seinem Dad. Bei Frauen hat er unumstößliche Regeln. Sie bekommen eine Nacht. Nicht mehr und nicht weniger. Von der Verantwortung, die Firma seines Dads zu übernehmen, will er nichts wissen. Er flüchtet nach Florida, wo er als ganz normaler Tourist herausfinden will, was ihm wirklich wichtig ist. Womit er nicht gerechnet hat, ist die kratzbürstige Demi, die sich partout auf kein Date mit ihm einlassen will.

Demi ist verantwortungsvoll, zielstrebig und ehrgeizig. Vor allem, wenn es um ihren Lebenstraum geht: Ein angesagter Kräuterladen in Port Charlotte, Florida. Ihr Ex hat sie genau deswegen verlassen. Aber so einen Mann braucht sie ohnehin nicht in ihrem Leben. Überhaupt braucht sie gar keinen Mann. Sie hat schließlich Henry, ihren Goldfisch, und natürlich ihre beste Freundin Lauren, die gleichzeitig ihre Mitarbeiterin ist. Damit ist sie vollkommen zufrieden. Bis dieser reiche Schnösel in ihrer Stadt auftaucht und ihre Gefühle so richtig durcheinander bringt.

Als Demi Adams Motorrad, seine "heilige" Harley,

anfährt und er seine wahre Identität verschweigt, fangen die Probleme erst richtig an.

Hier klicken oder Link aufrufen:

https://zoeywest.com/amls1

Blake: Verliebt in Sarasota

Was machst du, wenn der Mann, dem du dein Herz geschenkt hast, dich hintergeht?

Alicia studiert an der Stanford Universität. Ihr Spezialgebiet: Künstliche Intelligenz. Als sie einen Job auf der heißbegehrten IT-Konferenz ergattert, will sie eigentlich Kontakte knüpfen. Immerhin sind die Größten der Branche anwesend. Doch ihr passiert ein fataler Fehler, als sie ausgerechnet dem Mann den Zutritt verwehrt, der als wichtigste Person der ganzen Konferenz gilt. Aber sie konnte schließlich nicht damit rechnen, dass ein so heißer Typ ein IT-Nerd sein soll. Hoffentlich wird das kein Nachspiel haben.

Blake hatte bereits vor seinem zwanzigsten Geburtstag den ersten Doktortitel in der Tasche. Jetzt führt er in New York sein millionenschweres IT-Unternehmen. Als Ausgleich zu seiner Arbeit, schleppt er reihenweise Frauen ab. Aber den Fehler, sich in eine Beziehung drängen zu lassen, wird er kein zweites Mal machen. Auch nicht für diese süße Studentin, die ihm nicht mehr aus dem Kopf geht, seit er wegen ihr fast seinen Vortrag auf dieser IT-Konferenz in Kalifornien verpasst hätte.

Als Alicia und Blake sich näher kommen, ahnt sie nicht, welche Fäden im Hintergrund gezogen werden.

Hier klicken oder Link aufrufen:

https://zoeywest.com/amls2

Clark: Herzklopfen in New York

Was machst du, wenn der Mann, dem du einfach nicht widerstehen kannst, dein neuer Boss ist?

Kayleigh fängt einen neuen Job bei einer Plattenfirma in New York an. Bereits am ersten Tag legt sie sich, nichtsahnend, um wen es sich handelt, mit ihrem neuen Boss an. Als er bei einem Meeting plötzlich vor ihr steht, kann sie nur hoffen, dass ihr Verhalten kein Nachspiel haben wird. Die Bitte, ihn auf ein Galadinner zu begleiten, kann sie unter diesen Umständen kaum ausschlagen. Doch in seiner Gegenwart fühlt sie sich wie ein unartiges Schulmädchen. Oh, und wie gerne sie unartig wäre.

Clark ist der Boss einer großen Plattenfirma und lebt für seinen Job. Freizeit kennt er nicht. Deshalb bleibt ihm auch nichts anderes übrig, als ausgerechnet seine neue Mitarbeiterin zu dem Galadinner beim New Yorker Bürgermeister mitzunehmen, das seinem Cousin so wichtig ist. Es bleibt ihm nur zu hoffen, dass sie sich dort besser zu benehmen weiß als bei ihrem ersten Zusammentreffen. Damit, dass sie ihm gehörig den Kopf verdreht und damit seine Welt auf den Kopf stellt, hat er nicht gerechnet.

Als sich Job und Gefühle zu vermischen beginnen, müssen Kayleigh und Clark entscheiden, was ihnen wirklich wichtig ist.

Hier klicken oder Link aufrufen:

https://zoeywest.com/amls3

Dylan: Verheiratet in Las Vegas

Was machst du, wenn der Mann, den du zum Schein geheiratet hast, dein Baby nicht will?

Cassandra ist eine hoffnungslose Romantikerin. Sie will heiraten und eine Familie gründen. Doch als sie nach fünf Jahren Beziehung plötzlich verlassen wird, versteht sie die Welt nicht mehr. Ihr bester Freund Tim lädt sie zur Ablenkung nach Las Vegas ein. Am nächsten Morgen wacht sie in einem fremden Bett, ohne jegliche Erinnerung an die vergangene Nacht, dafür aber mit Ehering am Finger auf. Was ihr heißer Ehemann von ihr verlangt, verschlägt ihr die Sprache. Doch sie kann sein unmoralisches Angebot nicht ablehnen.

Dylan ist bekennender Junggeselle. Immerhin ist sein Familienstand für die meisten Aufträge seiner Firma verantwortlich. Nur dieser eine Kunde, den er unbedingt haben will, hält nicht viel von diesem Lotterleben. Deshalb trifft er eine folgenschwere Entscheidung. Als er mit seinem besten Freund nach Las Vegas fliegt, stürzt er sich Hals über Kopf in eine Scheinehe mit der zuckersüßen Cassandra. Der Auftrag ist ihm sicher. Aber seine Gefühle sind es nicht mehr. Wollte er sich doch niemals fest binden.

Als die körperliche Anziehung zwischen den beiden Früchte trägt, beginnt Dylans Kampf gegen seine inneren Dämonen.

Hier klicken oder Link aufrufen:

https://zoeywest.com/amls4

Evan: Liebeschaos auf Hawaii

Was machst du, wenn der Mann, den du reinlegen sollst, deine große Liebe ist?

Seraphina ist Fotografin, die noch immer auf den großen Durchbruch wartet. Sie hält sich mit kleinen Jobs über Wasser, will aber endlich als Künstlerin Fuß fassen. Als sich ihr die Gelegenheit bietet, bei einer Realityshow mitzumachen, nutzt sie die Chance für ihre Karriere. Blöd nur, dass sie dafür ausgerechnet den Mann daten muss, der ihr schon einmal die Sicherheitsleute auf den Hals gehetzt hat. Und das alles nur, weil diese Wahrsagerin behauptet, sie wäre Evan Chambers große Liebe.

Evan ist nicht nur einflussreich und mächtig, sondern auch verdammt reich. Die Fotografin, die ihn mit zwei

Damen des horizontalen Gewerbes abgelichtet hat, kann von Glück reden, dass er sie nicht verklagt hat. Er jedenfalls muss seitdem vorsichtig sein und hält sein Liebesleben komplett unter Verschluss. Sonst droht ihm der Zerfall seiner Firma. Sonderlich erfreut ist er also nicht darüber, ausgerechnet mit Seraphina Reed in dieser Realityshow auftreten zu müssen. Sie soll seine große Liebe sein? Nie und nimmer.

Gerade als die beiden beginnen, sich halbwegs zu vertrauen, taucht eine erschütternde Nachricht auf, die alles auf den Kopf stellt.

Hier klicken oder Link aufrufen:

https://zoeywest.com/amls5

Fynn: Wiedersehen in Alaska

Was machst du, wenn der Mann, den du nie wieder sehen wolltest, plötzlich zurückkehrt?

Willow hilft den Bewohnern ihres Heimatstädtchens aus, wo sie nur kann. Zwar kommt dabei ihre Sehnsucht nach der eigenen Selbständigkeit zu kurz, aber dafür hat sie ohnehin viel zu große Angst. Außerdem weiß niemand von der Fernausbildung, die sie schon vor Jahren gemacht hat. Im Grunde ist sie auch ganz zufrieden mit ihrem einfachen Leben und den verschiedenen Jobs. Zumindest bis sie ihre Vergangenheit einholt und aufgrund eines Schneegestöbers nicht wie geplant nach einem Tag wieder verschwindet.

Fynn hat sich nach seinem Studium ein Imperium in Los Angeles aufgebaut. Weit weg von seinem Heimatort in Alaska und der Frau, die einst seine beste Freundin war. Denn diese eine Nacht vor vielen Jahren hat alles verändert. Er konnte nicht bleiben und ist ohne ein Wort des Abschieds gegangen. Jetzt muss er für einen Auftrag zurück nach Seward und nimmt sich vor, keinen Tag länger als nötig zu bleiben. Und sich vor allem von den Bewohnern fern zu halten. Doch bereits bei seiner Ankunft trifft er auf sie.

Als die beiden gerade dabei sind, mit ihrer Vergangenheit aufzuräumen, wird Fynn von seiner Gegenwart eingeholt, die er längst abschütteln wollte.

Hier klicken oder Link aufrufen:

https://zoeywest.com/amls6

Grant: Luftschlösser in Denver

Was machst du, wenn der Mann, dessen Ehefrau du spielst, sich als der Richtige entpuppt?

Amy ist Alleinerziehend und ihr Ex Marc ist keine große Hilfe. Wenigstens gibt es ihre beste Freundin, die hin und wieder auf ihre Tochter aufpasst. Immerhin hat sie bereits drei Aushilfsjobs, um Faith ein besseres Leben zu bieten. In dieser Situation ist es doch nur normal, dieses unwiderstehliche Angebot anzunehmen und die Ehefrau eines Milliardärs zu spielen. Blöd nur, dass er davon nicht so begeistert sein wird, sobald er sein Gedächtnis wieder hat. Ob er wenigstens daraus lernt und sich nicht mehr aufführt wie der letzte Arsch?

Grant ist reich geboren und verpulvert sein Geld für Partys und Frauen. Er hat keine Ahnung, wie es sich anfühlt, auf einen Job angewiesen zu sein. Das zeigt er bei dem Vorstellungsgespräch mit seiner zukünftigen Assistentin, die sein Vater ihm als Babysitterin unterjubeln will, ganz deutlich. Als die Frau sich auch noch erdreistet, ihm das Handy aus der Hand zu reißen und ihre Nummer einzuspeichern, kocht er vor Wut. Bis er von einem Bus angefahren wird und sein Gedächtnis verliert. Danach ist nichts mehr, wie es mal war.

Als die Erinnerungen zurückkommen, muss Grant sich entscheiden, welches Leben er in Zukunft führen will und, ob Amy darin eine Rolle spielt.

Hier klicken oder Link aufrufen:

https://zoeywest.com/amls7

Heath: Süße Versuchung in Philadelphia

Was machst du, wen der Mann, mit dem du eine heiße Nacht verbracht hast, sich als dein neuer Boss entpuppt?

Ivy ist stinksauer als sie bei einer Beförderung schon wieder übergangen wird. Da kommt ihr dieser heiße Typ auf dieser Party gerade recht, um sich mit ihm ein wenig zu trösten. Als er ihr allerdings bei einem Meeting als der neue CEO der Firma vorgestellt wird und auch noch so tut, als würde er Ivy nicht kennen, bereut sie die aufregendste Nacht ihres Lebens, die sei einfach nicht aus dem Kopf bekommt. Ein Spiel mit dem Feuer beginnt, unter dem nicht nur ihr Herz sondern auch ihr Job in Gefahr ist.

Heath kann es nicht fassen, als er sich bei einem Meeting ausgerechnet der Frau gegenüber sieht, mit der er erst eine heiße Nacht verbracht hat. Dabei sind Mitarbeiterinnen absolut tabu für ihn. Seine Aufenthalte im Büro werden zum Spießrutenlauf. Er hat nämlich keine Ahnung, wie lange er sich noch beherrschen kann. Denn alles in ihm verlangt danach, sie wieder zu berühren. Als sich ein Kollege an sie ran macht, übermannt ihn die Eifersucht und er holt zum wenig professionellen Gegenschlag aus.

Als sich die Lage zwischen den beiden zuspitzt, müssen sie sich entscheiden. Ist der jeweils andere es wert, über den eigenen Schatten zu springen?

Hier klicken oder Link aufrufen:

https://zoeywest.com/amls8

~

Isaac: Liebesabenteuer in Manhattan

(Vorbestellung)

Tammie hat sich eine Karriere in einem der renommiertesten Kaufhäuser Manhattans aufgebaut. Zu ihren Kunden gehören CEOs, Börsenmakler und

Anwälte. Doch in ihrem Privatleben hat sie sich bisher immer die falschen Männer ausgesucht. Barkeeper und Musiker, die sie entweder enttäuscht oder betrogen haben. Machmal auch beides. Doch als ein Kunde ihr das Angebot macht, ein Monat lang seine Fake-Freundin zu spielen, wendet sich das Blatt. Sie stimmt unter der Bedingung zu, dass er sie anschließend mit einem seiner reichen Freunde verkuppeln soll.

Isaac ist ein mächtiger CEO mit einem ansehnlichen Aktienportfolio und hat weit mehr erreicht als die meisten anderen in seinem Alter. Trotzdem zieht seine Familie ihn immer wieder damit auf, noch keine Frau an seiner Seite zu haben. Er hat es satt, sich den Fragen seiner Mum rund um seinen Beziehungsstatus zu stellen. Deshalb beschließt er, zu lügen und eine Freundin zu erfinden. Leider ist der erste Name, der ihm dabei in den Sinn kommt, der seiner Herrenausstatterin. Um nicht zum Gespött seiner Familie zu werden, bittet er sie darum, ihm zu helfen und für einen Monat seine Freundin zu spielen.

Als das Monat fast vorbei ist, müssen die beiden entscheiden, ob aus ihrer Scheinbeziehung wahre Liebe geworden ist.

Hier klicken oder Link aufrufen:

https://zoeywest.com/amls9

Kontaktadresse: Storchengasse 21/1, 1150 Wien

Für die Druckversion: ISBN: 9798465596244 / Imprint: Independently published

Korrektorat: Schreib- und Korrekturservice Heinen

Coverdesign: Reinhard Fenzl | ReinhardFenzl.com

Fotos von de.depositphotos.com

Stadt: dell640 | Mann: innervision | Gold: york_76 | Sparkle: tomert

www.zoeywest.com - hallo@zoeywest.com

Printed in Poland
by Amazon Fulfillment
Poland Sp. z o.o., Wrocław

91675372R00132